T0009793

Los subterráneos

Jack Kerouac

Los subterráneos

Traducción de J. Rodolfo Wilcock

EDITORIAL ANAGRAMA

BARCELONA

Título de la edición original:
The Subterraneans
Grove Press
Nueva York, 1958

Ilustración: © Eva Mutter

Primera edición en «Contraseñas»: noviembre 1986
Primera edición en «Compactos»: enero 1993
Decimonovena edición en «Compactos»: septiembre 2022

Diseño de la colección: Julio Vivas y Estudio A

© Del prólogo, Herederos de Henry Miller, 1959

© Herederos de Jack Kerouac, 1958

© EDITORIAL ANAGRAMA, S. A., 1986
  Pau Claris, 172
  08037 Barcelona

ISBN: 978-84-339-5999-7
Depósito Legal: B. 11278-2022

Printed in Spain

Liberdúplex, S. L. U., ctra. BV 2249, km 7,4 - Polígono Torrentfondo
08791 Sant Llorenç d'Hortons

Es posible que nuestra prosa no se recobre jamás de lo que le ha hecho Jack Kerouac. Amante apasionado del lenguaje, sabe cómo utilizarlo. Siendo un virtuoso nato, disfruta desafiando las leyes y los convencionalismos de la expresión literaria que estorban la auténtica comunicación sin trabas entre el lector y el escritor. Tal como él mismo ha dicho en su artículo «Los principios fundamentales de la prosa espontánea»,[1] «procura primero satisfacerte a ti mismo, que luego el lector no podrá dejar de recibir la comunicación telepática y la excitación mental, pues en su cerebro actúan las mismas leyes que en el tuyo». Y es tan íntegro que, a veces, parece estar actuando en contra de sus propios principios. Sus conocimientos, en modo alguno superficiales, aparecen en sus escritos como si tal cosa. ¿Importa? Nada importa. Desde un punto de vista auténticamente creativo, todo da lo mismo, todo importa y nada importa.

Pero nadie puede decir de él que sea frío. Es cálido, está siempre al rojo vivo. Y si está alejado, también está cerca y muy próximo, como si se tratara de un hermano, de un álter ego. Está ahí, está en todas partes, es el señor Todo-el-mundo. Observador y observado a

1 *The Evergreen Review,* Nueva York, vol. 2, n.º 5.

la vez. «Es un amable, inteligente y doliente santo de la prosa», como dice de él Ginsberg.

Suele decirse que el poeta, o el genio, se adelanta a su propia época. Es cierto, pero solamente debido a que también es un ser profundamente de su época. «¡No os detengáis!», nos va diciendo. «Todo esto ya ha ocurrido antes millones de veces.» («Siempre adelante», decía Rimbaud.) Pero los que se resisten a cambiar no entienden esta clase de palabras. (Todavía andan rezagados en relación con Isidore Ducasse.) ¿Qué hacen, pues? Le derriban de su alta percha, le matan de hambre, de una patada le hunden los dientes en la garganta. A veces son menos misericordiosos incluso: hacen como si el genio no existiera.

Todos los temas acerca de los cuales escribe Kerouac –esos personajes fantasmagóricos, obsesivamente ubicuos, cuyos nombres se pueden leer del revés; todas esas encantadoras visiones nostálgicas, íntimas y grandiosamente estereoscópicas de los Estados Unidos; todos esos paseos de pesadilla en vagón y en coche– así como el lenguaje que utiliza (algo así como el estilo Gautier pero en negativo) para describir sus visiones «terrenocelestiales», todas esas extravagancias desmesuradas, tienen una estrecha relación con maravillas tales como *El asno dorado,* el *Satiricón* y *Pantagruel,* y esto es algo que no pueden dejar de percibir ni siquiera los lectores de *Time* y *Life,* de las *Selecciones del Reader's Digest,* y los tebeos.

El buen poeta, o en este caso «el prosista bop espontáneo», siempre está atento al son de su época: el *swing,* el *beat,* el ritmo metafórico disyuntivo que brota tan veloz, tan alocada, tan peleonamente, y de forma tan increíble y tan deliciosamente salvaje, que nadie llega a reconocerlo una vez transcrito en el libro. Mejor dicho, solo lo reconocen los poetas. Kerouac «lo ha inventado», dirá la gente. Con lo cual estarán insinuando que no es real. Lo que la gente tendría que decir es: «Este sí que ha sabido pillarlo.» Él lo ha pillado, lo ha cultivado, lo ha sabido escribir. («¿Lo pillas tú, Nazz?»)

Cuando alguien pregunta: «¿De dónde saca todo eso?», la respuesta es: «De ti.» No hay que olvidar que Kerouac se ha pasado toda la noche despierto, escuchando con los ojos y las orejas. Toda una noche de mil años. Lo oyó en el útero, lo oyó en la cuna, lo oyó en la escuela, lo oyó pegando la oreja a la pared de la bolsa de la vida, allí donde un sueño vale oro. Y, además, ya está casi harto de oírlo. Quiere dar un nuevo paso adelante. Quiere *reventar*. ¿Vais a dejar que lo haga?

Esta es una época de milagros. Los días del asesino loco han quedado atrás; los maníacos sexuales están ahora en el limbo; los atrevidos artistas del trapecio se han roto el cuello. Estamos en una época de prodigios, en la que los científicos, con la ayuda de los sumos sacerdotes del Pentágono, enseñan gratuitamente las técnicas de la destrucción mutua pero total. ¡Progreso! El que sea capaz, que lo convierta en una novela legible. Pero si eres un comedor de muerte no me vengas con literaturas. No nos vengas con literatura «limpia» y «sana» (¡sin lluvia radioactiva!). Deja que hablen los poetas. Puede que sean *beats*, pero, como mínimo, no montan a caballo de un monstruo cargado de energía atómica. Creedme; no hay nada limpio, nada saludable, nada prometedor en esta época de prodigios; nada, excepto seguir contando lo que pasa. Kerouac y otros como él serán probablemente los que tengan la última palabra.

HENRY MILLER,
Big Sur, California

I

En otros tiempos yo era joven y me orientaba tanto más fácilmente y podía hablar con nerviosa inteligencia sobre cualquier cosa, con claridad y sin preámbulos tan literarios como este; en otras palabras, esta es la historia de un hombre que no se tiene mucha fe, y al mismo tiempo la historia de un inútil egomaníaco y bufón de nacimiento... Empezar por el principio y dejar que la verdad vaya surgiendo, eso es lo que voy a hacer. Todo empezó una cálida noche de verano, ¡ay!, ella estaba sentada sobre un guardabarros con Julien Alexander que es... Será mejor que empiece con la historia de los jóvenes subterráneos de San Francisco.

Julien Alexander es el ángel de los subterráneos; «subterráneo» es un nombre inventado por Adam Moorad, poeta y amigo mío, que dijo: «Son hipsters sin ser insoportables, son inteligentes sin ser convencionales, son intelectuales como el demonio y saben lo que se puede saber sobre Pound sin ser pretenciosos ni hablar demasiado de lo que saben, son muy tranquilos, son unos Cristos.» Julien sí que es un Cristo. Aquel día pasaba yo por la calle con Larry O'Hara, viejo amigo mío de parrandas en San Francisco, ya que en otros tiempos, en mis largas, mis nerviosas y locas correrías, yo solía emborracharme todas las noches, y es más, me hacía pagar las copas por los amigos con una regularidad tan «genial» que ya nadie me hacía realmente caso ni se preocupaba por declarar que estoy progresando o que estaba progresando como escritor, cuando yo era joven; una costumbre muy fea beber gratis aunque por supuesto nadie se fijaba y me encontraban simpático y como dijo Sam: «Todos recurren a ti para cargar el tanque, muchacho, qué buena estación de servicio tienes» o algo por el estilo; el viejo Larry O'Hara, siempre tan bueno conmigo, un joven comerciante de San Francisco, irlandés y loco, con una trastienda balzaciana en la librería donde se fumaba marihuana y se charlaba de los buenos tiempos, de la banda del gran Basie, o de los días del gran Chu Berry; del cual hablaremos más adelante ya que ella tuvo algo también con él, porque con todos tenía que acostarse, por el hecho de conocerme a mí que soy nervioso y multiforme y de ningún modo tengo una sola alma –y ni un poco de mi dolor ha asomado todavía– ni de mi sufrimiento –¡ángeles, sostenedme!, ni siquiera estoy mirando el papel sino fijamente la penumbra vacía de la pared de mi cuarto y el programa de radio de Sarah Vaughan y Gerry Mulligan sobre el escritorio en forma de radio; en otras palabras, estaban sentados sobre el guardabarros de un coche delante del bar Black Mask de Montgomery Street, Julien Alexander, el Cristo sin afeitar, flaco, juvenil, tranquilo, casi extraño, algo así habría dicho Adam, como un ángel apocalíptico o un santo de los subterráneos, por cierto estrella (ahora)–, y ella, Mardou Fox, cuya cara, cuando la había visto por primera vez en el bar de Dante a la vuelta de la esquina me había hecho pensar: «Demonios, tengo que hacer algo con esta mujercita», y tal vez también porque era negra. Además tenía la misma cara que Rita Savage, una amiga de adolescencia de mi hermana, una muchacha con la que entre otras cosas yo solía soñar despierto, arrodillada entre mis piernas sobre el piso del baño, y yo sentado, con esos labios suyos especiales y frescos, y esos pómulos duros de india, protuberantes y suaves; la misma cara, pero atenazada, dulce, y un par de ojos brillantes, francos e intensos, ella, Mardou, estaba inclinada hacia adelante, diciéndole algo con extrema seriedad a Ross Wallenstein (amigo de Julien) inclinada so-

14

bre la mesita, exageradamente –«tengo que hacer algo con ella»–, y yo traté de dirigirle miradas pícaras, miradas sensuales; pero a ella ni se le ocurría levantar la vista, ni siquiera verme. Debo explicar que yo acababa de dejar el barco en Nueva York, despedido antes de iniciar el viaje a Kobe (Japón) por unas complicaciones que había tenido con el contramaestre dada mi imposibilidad de mostrarme amable, y, para decir la verdad, humano y como una persona cualquiera, mientras desempeñaba mis tareas de cantinero de la tripulación (y no me podrán decir que no soy fiel a la verdad y concreto), una cosa muy típica en mí, me daba por tratar al primer mecánico y a los demás oficiales con una cortesía desconcertante, terminé por enfurecerlos a todos, querían que dijera alguna cosa, por lo menos que rezongara por la mañana cuando les servía el café, y yo en cambio me precipitaba silenciosamente, como sobre suelas de goma, para obedecer sus órdenes, y no les concedía nunca una sonrisa, o si la concedía era una sonrisa enfermiza, una sonrisa de superioridad, y todo por culpa de ese ángel de la soledad que tenía posado sobre el hombro cuando bajé por Montgomery Street esa noche cálida y vi a Mardou sentada en el guardabarros con Julien, recordé de pronto: «¡Oh!, ahí está esa chica con la cual quiero tener un asunto, quién sabe si anda con uno de esos muchachos», oscura, apenas se la veía en esa calle poco iluminada, con los pies envueltos en las correas de unas sandalias de aspecto tan excitante que sentí deseos de besarlos, aunque no me imaginaba nada todavía.

Los subterráneos estaban gozando de la cálida noche delante del Mask, Julien en el guardabarros, Ross Wallenstein de pie, Roger Beloit, el gran cornetista de bop, Walt Fitzpatrick, que es el hijo de un famoso director de cine y se ha criado en Hollywood en un ambiente de fiestas de Greta Garbo al amanecer y Chaplin cayéndose al entrar borracho, varias otras muchachas, Harriet la ex esposa de Ross Wallenstein, una especie de rubia con rasgos delicados pero sin expresión, con un vestido de algodón sencillo casi de ama de casa, pero de aspecto suave y dulce como un vientre. Debo hacer una confesión más, como tantas otras que tendré que hacer antes de terminar: soy cruda, virilmente sexual, no puedo contenerme y habitualmente manifiesto propensiones libidinosas y lo demás, como sin duda les sucede a la mayoría de mis lectores varones; confesión por confesión, soy canadiense, no aprendí a hablar en inglés hasta los cinco o los seis años de edad, a los dieciséis hablaba con un acento horrible y en la escuela era un desastre aunque después me puse a jugar al baloncesto y si no hubiera sido por eso nadie se hubiese dado cuenta de que poseía alguna capacidad para hacer frente al mundo (falta de fe en mí mismo) y me habrían encerrado en un manicomio por alguna especie de inadaptación...

Pero será mejor que hable de Mardou (es tan difícil redactar una verdadera confesión y explicar lo que ocurrió cuando uno es tan egomaníaco que lo único que puede hacer es escribir párrafos larguísimos sobre pequeños detalles personales mientras los detalles espirituales importantes sobre las demás personas pueden esperar sentados); de todos modos, como decía, también estaba Fritz Nicholas, el líder titular de los subterráneos, y le pregunté (habiéndolo conocido la víspera de Año Nuevo en un elegante apartamento de Nob Hill sentado con las piernas cruzadas como un indio sobre una alfombra mullida, con una especie de camisa rusa blanca y limpia y una amiga loca estilo Isadora Duncan con una larga cabellera azul sobre los hombros fumando marihuana y hablando de Pound y de peyote) (flaco y también él como un Cristo, con una mirada de fauno, joven y serio y una especie de padre del grupo, como cuando de pronto uno lo veía en el Black Mask, sentado, con la cabeza echada hacia atrás y los ojitos oscuros que observaban a todos con un especie de lento y repentino asombro: «Aquí estamos, hijitos, y ahora qué, queridos», pero también loco por la droga, todo lo que le pudiera dar una buena sacudida le atraía, a cualquier hora, y muy intenso) le pregunté: «¿Conoces a esta muchacha, la negra?»; «¿Mardou?» «¿Se llama Mardou? ¿Con quién anda?» «Con ninguno en especial por el momento, en su tiempo este ha sido un grupo incestuoso», me dijo, una frase bastante rara, mientras nos dirigíamos hacia su viejo Chevrolet 36 sin asiento trasero estacionado en la acera de enfrente, delante del bar, dentro del cual había dejado la marihuana que luego fumaríamos todos juntos, ya que le dije a Larry: «Oye, ¿dónde podemos conseguir marihuana?» «¿Y para qué fumar con toda esa gente?» «Me gustaría estudiarlos en grupo», dije, sobre todo porque estaba delante de Nicholas, para que así pudiera apreciar mi sensibilidad, ya que era un forastero para ellos y así pensarían que a pesar de todo, enseguida, etc., habiendo advertido cuánto valían – hechos, hechos, hace mucho que la dulce filosofía me abandonó, con la esencia de otros años ya olvidados –incestuosos– y finalmente integraba el grupo otra gran figura, que sin embargo este verano no estaba allí sino en París, Jack Steen, un hombrecillo muy interesante tipo Leslie Howard que caminaba (más tarde le imitó Mardou para divertirme) como un filósofo vienés con los brazos muertos colgando a los costados, largos pasos lentos y fluidos, hasta detenerse en la esquina con una pose imperiosa y suave –también él había tenido algo que ver con Mardou y como supe más tarde de la manera más extraña– pero ahora él significaba para mí una primera migaja de información con respecto a esta mujer con la cual yo *trataba* de tener algo, como si no hubiera padecido ya suficientes dolores de cabeza, como si otros amoríos anteriores no me hubieran enseñado su mensaje de dolor; seguía buscando, buscando de por vida...

Del bar salían montones de personas interesantes, la noche me producía una honda impresión; una especie de Marlon Brando de pelo oscuro estilo Truman Capote con un hermoso efebo delgado o muchacha con pantalones de chico y estrellas en los ojos y caderas tan suaves que cuando se metía las manos en los bolsillos se advertía el cambio, y oscuras piernas delgadas que terminaban en pies pequeños, y esa cara, y tras ellos un tipo con otra bella muñeca que se llamaba –el tipo– Rob y es una especie de soldado de fortuna israelí con acento inglés, de esos que uno, supongo, encuentra a las cinco de la madrugada en un bar de la Riviera bebiéndose todo lo que tienen delante de los ojos por orden alfabético con un montón de interesantes amigos pertenecientes a algún grupo loco internacional de juerga. Larry O'Hara me presentó a Roger Beloit (y no me parecía posible que ese jovencito de cara ordinaria que tenía delante fuera el gran poeta que yo había venerado en mi juventud, mi juventud, mi juventud, es decir, 1948, insisto en decir mi juventud) «¿Roger Beloit? Soy Bennett Fitzpatrick» (el padre de Walt), lo que provocó una sonrisa en los labios de Roger Beloit; y Adam Moorad que finalmente había emergido de la noche mientras la noche se abría...

De modo que nos fuimos todos a casa de Larry y Julien se sentó en el suelo delante de un diario abierto sobre el cual había volcado la marihuana (L.A. de mala calidad, pero bastante buena de todos modos) y empezó a liar los canutos, o a «retorcerlos», como me había dicho Jack Steen, el ausente, el día de Nochevieja, y ese había sido mi primer contacto con los subterráneos, se había ofrecido para liarme un porro y yo le había contestado bastante fríamente. «¿Por qué? Yo me lío los míos», e inmediatamente una nube había atravesado su carita delicada, etcétera, y me odió –y por tanto me volvió la espalda toda la noche– cada vez que se le presentó la ocasión; pero ahora era Julien el que estaba sentado en el suelo, con las piernas cruzadas, era él el que preparaba los canutos y todos hablaban como zumbando, conversaciones que por cierto no repetiré, salvo que era algo así como, «Estoy buscando este libro de Percepied..., ¿quién es Percepied?, ¿no lo han reventado todavía?», y cosas por el estilo, o mientras escuchábamos a Stan Kenton que hablaba de la música del porvenir y oíamos a un nuevo tenor que estaba abriéndose camino, Ricci Comucca, y de pronto Roger Beloit dice, con una mueca de sus labios expresivos, delgados y purpúreos: «¿Y esta es la música de mañana?», mientras Larry O'Hara nos cuenta las habituales anécdotas de su repertorio. Al venir, en el Chevrolet 36, Julien, sentado a mi lado en el suelo, había tendido la mano y había exclamado: «Me llamo Julien Alexander, algo tengo, he conquistado Egipto», y a continuación Mardou le había tendido la mano a Adam Moorad y se había presentado diciendo, «Mardou Fox», pero no se le ocurrió hacerlo conmigo, lo que hubiera sido mi primer atisbo de la profecía de lo que sucedería después, de modo que tuve que darle *yo* la mano y decirle «Me llamo Leo Percepied...» y estrechársela y –siempre buscamos a los que realmente no nos buscan– ella en realidad estaba interesada en Adam Moorad, ya que Julien acababa de rechazarla, fría y subterráneamente; a ella le interesaban los flacos, ascéticos, extraños intelectuales de San Francisco y Berkeley, y no los vagos corpulentos paranoicos como yo, que viajaban en barcos y en trenes y escribían novelas y todas esas cosas odiosas que en mí son tan evidentes para mí y por lo tanto también lo serán para los demás; aunque sin ver, tal vez porque era diez años más joven que yo, ninguna de mis virtudes que de todos modos hace tiempo han quedado sumergidas bajo años de drogas y de desear morir, renunciar a todo y olvidarlo todo, morir en la estrella oscura: fui yo quien le dio la mano a ella, no ella, ¡ah, qué tiempos!

Pero mientras observaba sus diminutos encantos tenía todo lo más la sola idea de que debía a toda costa sumergir mi alma solitaria («un hombre grandote, triste y solitario», según me dijo ella una noche más tarde al verme de pronto en el sillón) en el baño cálido y en la salvación de sus muslos, anhelaba esas intimidades de los jóvenes amantes en la cama, altos, los ojos ante los ojos, el pecho contra el pecho desnudo, órgano contra órgano, rodilla que se aprieta contra rodilla temblorosa y pecosa, cambiándose actos de amor y de existencia por el gusto de *hacerlo*. «Hacerlo», la gran expresión suya; me parece estar viendo sus dientecitos salientes entre los labios rojos, viendo «hacerlo», la clave del dolor sentada en un rincón, al lado de la ventana, y demostraba sentirse «separada» o «aislada», o «dispuesta a no tener nada que ver con ese grupo» por motivos especiales suyos. Al rincón me fui, apoyando mi cabeza no sobre ella sino contra la pared, y primero probé la comunicación silenciosa, luego palabras en voz baja (como conviene en una reunión), palabras al estilo elegante de North Beach, «¿qué estás leyendo?», y por primera vez abrió

19

la boca y me habló, comunicándome un pensamiento completo, y el corazón no se me subió exactamente a la boca, pero me pregunté, al oír la cómica entonación culta, parte estilo North Beach, parte modelo de I. Magnin, parte Berkeley, parte negro aristocrático, algo raro, una mescolanza de idioma y entonación y uso de las palabras que yo no había oído nunca hasta ese momento, salvo en ciertas mujeres excepcionales, por supuesto *blancas,* algo tan raro que hasta Adam se dio cuenta enseguida y me lo comentó esa misma noche, pero era sin lugar a dudas la manera de hablar de la nueva generación del bop, con las vocales arrastradas y deformadas, como el estilo que antes se llamaba «afeminado», de modo que cuando uno lo oye en un hombre al principio suena bastante desagradable, y cuando uno lo oye en una mujer es encantador, pero resulta demasiado extraño; una entonación que yo ya había oído sin lugar a dudas con mucha curiosidad en la voz de los nuevos cantantes de bop, como Jerry Winters especialmente con la banda de Kenton en el disco *Yes Daddy Yes,* y tal vez en Jeri Southern, también; pero el alma se me cayó a los pies porque North Beach siempre me ha odiado, me ha hecho a un lado, me ha pasado por alto, se ha burlado de mí, desde el principio, en 1943, hasta hoy; porque naturalmente, cuando me ven pasar por la calle, soy una especie de tipo de baja extracción, pero después, cuando se enteran de que no soy eso sino una especie de santo loco, no les gusta nada y además temen que de pronto me vuelva después de todo un tipo de baja extracción, y me ponga a pegarles, a romper cosas, y en realidad es lo que casi siempre he hecho, durante la adolescencia especialmente, como la vez que vagaba por North Beach con el equipo de baloncesto de Stanford, más exactamente con Red Kelly cuya mujer (¿correcto?) murió en Redwood City en 1946, con todo el equipo detrás de nosotros, además de los hermanos Garetta, y Red obligó a empujones a un violinista, un homosexual, a entrar en un zaguán y yo atrapé a otro, y mientras él la emprendía a golpes con el suyo yo atravesaba al mío con la mirada; yo tenía dieciocho años, era guapo y además fresco como una rosa;

y ahora, al leer ese pasado mío en el ceño fruncido y en la mirada
fija y en el horror y en el desorden de mi frente orgullosa, no querían saber nada de mí, y por eso, naturalmente, también comprendí
que Mardou sentía una verdadera y genuina desconfianza, hasta repugnancia por mí mientras estaba allí a su lado sentado «tratando»
(no de hacerlo) sino «de hacerla»: tan poco hipster, tan atrevido, tan
sonriente, con esa falsa sonrisa histérica, «compulsiva» como la llaman; yo caliente, ellos fríos, y además tenía una camisa muy llamativa, lo contrario de una camisa elegante, que había comprado en
Broadway, cuando estaba en Nueva York y pensaba que no bajaría
del barco hasta llegar a Kobe, una ridícula camisa hawaiana estilo
Bing Crosby con dibujos estampados; de la cual, viril y vanamente,
de acuerdo con la honesta humildad original de mi persona de todos los días (esto va de veras), una vez que hube fumado dos caladas
de marihuana me sentí obligado a abrirme un botón más de lo normal, para mostrar mi pecho peludo y tostado, lo que le habrá causado asco; sea como fuere no miró; hablaba poco y en voz baja, todo
el tiempo mirando a Julien que estaba sentado en cuclillas y le daba
la espalda, y escuchaba y murmuraba siguiendo las risas de la conversación general, en gran parte dirigida por O'Hara y el vocinglero
Roger Beloit y ese inteligente aventurero Rob, y yo, demasiado callado, escuchando, estudiándolos, pero con la vanidad de la droga
dejando de vez en cuando caer alguna observación «perfecta» (así lo
creía yo) que en realidad era «demasiado perfecta», pero para Adam
Moorad, que me conocía de siempre, clara indicación de mi respeto
y mi atención y en el fondo mi temor al grupo; para ellos era una
persona nueva que intercalaba observaciones para demostrar su condición de hipster; era todo horrible, irredimible. Aunque en un primer momento, antes de la marihuana, que nos pasábamos por turno
al estilo indio, tuve la sensación definida de que podía acercarme a
Mardou y tener algo con ella y llevármela conmigo esa mismísima
noche, es decir, salir con ella sola aunque fuera para tomar un café
y nada más, pero después de la marihuana, que me hizo rezar reve-

21

rentemente y con secreta seriedad por el retorno de mi «cordura» predroga, me encontré extremadamente inseguro de mí mismo, probando y probando, sabiendo que yo no le gustaba, odiando las circunstancias; recordando aquella primera noche cuando conocí a mi amor Nicki Peters, en 1948, en el cuarto de Adam Moorad, en el (entonces) Fillmore; yo estaba despreocupadamente bebiendo cerveza en la cocina como siempre (y en casa trabajando furiosamente en una enorme novela, loco, chiflado, seguro, joven, talentoso como nunca más volví a serlo) cuando ella señaló el perfil de mi sombra en la pared verde claro y dijo: «qué hermoso es tu perfil», lo que me desconcertó y (como la droga) me volvió inseguro de mí mismo, atento, tratando de «empezar a conquistarla», comportándome de una manera que a causa de su casi hipnótica sugestión me condujo a los primeros sondeos preliminares de orgullo *versus* orgullo y belleza o beatitud o sensibilidad *versus* la estúpida nerviosidad neurótica del individuo de tipo fálico, constantemente consciente de su falo, su torre, y de las mujeres en su calidad de pozos; lo que es en el fondo la verdad de la cuestión, y el hombre un descentrado, sin punto fijo; y ya no estamos en 1948 sino en 1953, con una nueva generación, y yo con cinco años más encima, o cinco años menos, obligado a hacerlo (o hacerlas) con un estilo nuevo y disimular el nerviosismo... en todo caso, renuncié a tratar conscientemente de conquistar a Mardou y me preparé para una noche de estudio del grandioso nuevo grupo de subterráneos que Adam había descubierto y denominado en North Beach.

Pero desde el primer momento Mardou se mostró realmente independiente, o dependiente de sí misma y de nadie más, anunciando que no sentía necesidad de nadie, que no quería tener nada que ver con nadie, para terminar (después de mí) como al empezar; y ahora, bajo la noche fría sin compasión, lo siento en el aire, ese anuncio suyo, y siento que sus dientecillos ya no son míos sino probablemente de mi enemigo, que se los lame y le suministra el tratamiento sádico que ella probablemente prefiere y que yo no supe darle –siento el crimen en el aire–, y esa esquina desolada donde brilla un farol, y los vientos se arremolinan, un papel, la niebla; veo mi vasta cara desolada, y mi llamado amor que se derrama por la callejuela, todo inútil; como antes solían ser gotas de melancolía sobre los sillones calientes, abatido de lunas (aunque esta noche es la gran noche de luna llena); como antes, cuando surgió en mí la comprensión de la necesidad de regenerar el amor universal, como corresponde a un gran escritor, como un Lutero o un Wagner, y ahora esta cálida imagen de grandeza es un vasto escalofrío en el viento, porque también la grandeza muere, ay, y ¿quién dijo que yo era grande? ¿Y suponiendo que uno fuera un gran escritor, un secreto Shakespeare, de la noche acolchada? Realmente, un poema de Baudelaire no compensa su dolor, su dolor (fue Mardou quien finalmente me dijo: «Hubiera preferido que él fuera dichoso en vez de los poemas desdichados que nos ha dejado», una opinión con la cual estoy de acuerdo, soy Baudelaire, estoy enamorado de mi amante negra, y también me incliné sobre su vientre y escuché sus rumores subterráneos); pero pensando mejor en su anuncio primero de independencia hubiera debido comprender, creer en la sinceridad del desagrado que le causaba cualquier relación, en vez de precipitarme hacia ella como queriendo lastimarme y «lacerarme», y en realidad porque lo deseaba; otra «laceración» como esta y me voy al cementerio, porque ahora la muerte agita sus grandes alas frente a mi ventana, la veo, la oigo, la huelo; la veo en la silueta informe de mis camisas colgadas y destinadas a no ser usadas, nuevas y viejas a la vez, elegantes y pasadas de moda, mis corbatas como serpientes colgadas que ya no usaré más, las mantas nuevas para las camas de la paz otoñal que ahora son camastros que se retuercen, se precipitan en el mar del suicidio; pérdida, odio, paranoia; era su carita lo que yo quería atravesar, y lo hice...

Esa mañana, cuando la reunión estaba en lo mejor y yo me encontraba otra vez en el cuarto de Larry admirando la luz roja y recordando la noche que habíamos traído a Micky y la habíamos «hecho» los tres, Adam, Larry y yo, y habíamos fumado y bebido un enorme cóctel de sexo, algo extraordinario, entró Larry y me dijo: «Oye, ¿piensas conseguírtela esta misma noche?» «Me gustaría, pero no sé...» «Bueno, hombre, trata de averiguarlo, no te queda mucho tiempo; qué te pasa, traemos a toda esta gente a casa y les damos toda esta droga y para colmo toda la cerveza que tenía en la nevera, hombre, tenemos que sacarle algún provecho, muévete...» «Oh, ¿así que te gusta?» «Me gustan todas, hombre, pero en fin, después de todo...» Lo que me indujo a efectuar una nueva tentativa breve, desganada, destinada al fracaso; una mirada, una observación, sentado a su lado en el rincón, pero al fin renuncié, y al alba se fue con los demás que habían salido para tomar un café y yo bajé también con Adam para volver a verla (habiéndolos seguido escaleras abajo cinco minutos después) y allí estaban todos pero ella no; independiente, oscura, pensativa, se había ido a su sofocante cuartito de Heavenly Lane en Telegraph Hill.

Por lo tanto me fui a casa y durante varios días se me apareció en mis fantasías sexuales; era ella, pies oscuros, correas en las sandalias, ojos negros, carita delicada morena, pómulos y mejillas de Rita Savage, pequeña intimidad secreta y no sé ahora por qué con un suave encanto serpentino como corresponde a una mujercita morena que prefiere vestir de oscuro, pobres vestidos de *beat,* de subterránea...

Varias noches después, con una sonrisa maligna, Adam me anunció que la había encontrado en un ómnibus de la calle Tercera y que habían ido a casa de él para conversar y beber algo y habían tenido una larguísima conversación que, al estilo Leroy, culminó con Adam desnudo leyendo poesía china y luego pasando la droga para terminar en la cama: «¡Y es tan cariñosa, Dios santo, tiene esa manera de envolverte de pronto en sus brazos como sin el menor motivo salvo el puro afecto repentino!» «¿Y piensas seguir la aventura con ella?» «Bueno, te diré, realmente... esta mujer es todo un caso, y bastante loca además, se está haciendo una cura, según parece, y hace muy poco estuvo muy mal, creo que fue por culpa de Julien, se está haciendo una cura con el psicoanalista pero no lo dice, se pasa las horas sentada o acostada, leyendo, o sin hacer nada, salvo mirar el techo todo el santo día en su cuarto, dieciocho dólares al mes en Heavenly Lane, al parecer recibe una especie de pensión que depende no sé cómo de los médicos que la atienden o de no sé quién, relacionada con su incapacidad de trabajar o algo así, está siempre hablando del asunto, y en realidad habla demasiado, por lo menos para mi gusto, según parece padece de verdaderas alucinaciones con las monjas del orfelinato donde se crió, las ha visto y hasta las ha oído proferir amenazas; y también otras cosas, como la sensación de pincharse droga aunque nunca la ha probado, solamente conoce a algunos morfinómanos.» «¿Julien?» «Julien se pincha cada vez que se le presenta una ocasión, lo que no ocurre a menudo porque no tiene dinero y su ambición en realidad es llegar a ser un verdadero morfinómano; pero en todo caso la chica ha tenido alucinaciones, no exactamente de tomarla, pero sí de que alguien o algo se la inyectaba, no sé cómo, secretamente, gente que la sigue por la calle, imagínate, y está verdaderamente loca; es demasiado para mí, y a fin de cuentas, considerando que es una negra, no quiero atarme a ella demasiado.» «¿Es bonita?» «Hermosa, pero no puedo, esa es la verdad.» «Pero hombre, no se puede negar que tiene cuerpo y todo lo demás...» «Bueno, muy bien, querrás decir que tú puedes; podrías ir a verla, te doy la dirección, o mejor todavía, la invito a venir aquí y charlamos, puedes hacer la prueba si te parece, pero aunque siento una fortísima atracción sexual hacia ella, y todo lo demás, realmente no quiero meterme demasiado con ella, no solamente por las razones que te digo, sino también en el fondo por un motivo serio, pues si debo tener algo con una mujer quisiera que esta vez fuera algo permanente, permanente y serio y por mucho tiempo, y con ella no podría.» «A mí también me gustaría algo largo y permanente, etcétera...» «Bueno, veremos.»

Me dijo que una de esas noches ella vendría para comer alguna cosita improvisada que él mismo prepararía, de modo que cuando llegó yo también estaba en casa, fumando hierba en el salón bajo una luz roja opaca; entró con su aspecto de siempre pero esta vez llevaba una sencilla camisa deportiva de seda azul y pantalones de fantasía, y yo no me moví, con aire distante, simulando desdén, con la esperanza de que ella lo advirtiera, así que cuando la dama entró en el cuarto no me levanté.

Mientras ellos comían en la cocina hice como que leía. Simulé no prestarles ni la más mínima atención. Después salimos a dar una vuelta los tres pero la tensión había disminuido y los tres tratábamos de conversar, como tres buenos amigos que desean estrechar sus vínculos y decirse todo lo que les pasa por la imaginación, en amistosa rivalidad. Fuimos al Red Drum a oír un poco de jazz, esa noche estaba Charlie Parker con Honduras Jones a la batería y otros personajes interesantes, probablemente estaba también Roger Beloit, con quien ahora deseaba encontrarme; y ese entusiasmo del bop tierno y nocturno de San Francisco en el aire, pero ahora en el fresco y dulce y descansado North Beach; fue así como desde la casa de Adam en Telegraph Hill bajamos corriendo por la calle blanca bajo los faroles, corrimos, saltamos, mostramos nuestras habilidades, nos divertimos; nos sentíamos dichosos, algo palpitaba, y me gustaba que ella pudiera caminar tan rápido como nosotros, una belleza pequeña, delgada y vigorosa con la cual uno podía pasear por la calle, y tan llamativa que todos se volvían para mirarla y para mirarnos, Adam extraño y barbudo, la morena Mardou con esos pantalones raros y yo, corpulento, facineroso y feliz.

Llegamos al Red Drum, una mesa llena de vasos de cerveza (unos cuantos vasos para ser exacto), y todos los chicos que entraban y salían en grupos, pagando un dólar veinticinco en la entrada, con ese tipo bajito de cara de comadreja y ondulaciones de la cadera que vendía las entradas junto a la puerta; Paddy Cordavan que entraba casi flotando como había sido profetizado (un subterráneo alto y corpulento, rubio, con aire de mecánico y de vaquero, que venía del estado de Washington con vaqueros a esta fiesta de la generación loca, toda llena de humo y enloquecida; le grité: «¡Paddy Cordavan!», y él contestó «Sí» y se acercó); todos sentados juntos, grupos interesantes en varias mesas, Julien, Roxanne (una mujer de veinticinco años que parecía profetizar el futuro estilo norteamericano con el pelo corto casi a la marinera pero negro, rizado y serpentino, y una cara pálida, anémica de yonqui; y hoy decimos yonqui cuando en sus tiempos Dostoievski hubiera dicho ¿qué?, ¿tal vez ascético o santo?, pero no en este caso, la cara pálida y fría de la muchacha fría y azul con su camisa blanca de hombre con los puños desabotonados, así la recuerdo, inclinada hacia adelante charlando con alguien después de haberse abierto paso a través de toda la sala de rodillas, a fuerza de hombros, inclinándose para hablar con una colilla muy corta de cigarrillo en la mano, y recuerdo la exacta sacudida que le daba en ese momento para hacer caer la ceniza, no una sino varias veces, con uñas largas de dos centímetros, y también ellas eran orientales y serpentinas); grupos de todas clases, y Ross Wallenstein, y la aglomeración, y allá arriba en la tarima Bird Parker con sus ojos solemnes, porque había perdido su anterior popularidad, hacía muy poco de eso, y ahora regresaba a una especie de San Francisco muerto para el bop, aunque acababa de descubrir o le habían hablado del Red Drum, había sabido que los chicos de la grandiosa nueva generación se reunían y aullaban allí, de modo que allí estaba, sobre la tarima, examinándolos con la mirada mientras soplaba sus notas «locas» pero *ahora-calculadas,* los tambores resonantes, los agudos altísimos; y Adam que para hacerme un favor se retiró prudentemente a eso de las once de la noche para poder irse a la cama y levantarse a trabajar por la mañana, después de una rápida salida con Paddy y conmigo para beber una cerveza de diez centavos, rápidamente, en el bar Pantera, donde Paddy y yo en nuestra primera conversación echamos un pulso en broma; y luego Mardou salió conmigo, con los ojos alegres, entre dos números, también para beber una cerveza, pero ante su insistencia en vez de Pantera en el Mask donde cuestan quince centavos, pero ella tenía algunas monedas y fuimos y empezamos a conversar seriamente y a sentirnos excitados por la cerveza; era por fin el principio. Volvimos al Red Drum para oír a Bird, el cual, lo vi claramente, miró con curiosidad varias veces a Mardou, y también me miraba a mí, directamente a los ojos, para averiguar si yo era realmente el gran escritor que creía ser, como si conociera mis pensamientos y mis ambiciones o me recordara de otros locales nocturnos y de otras costas, otros Chicagos; no era una mirada de desafío, sino la mirada del rey y fundador de la generación del bop, por lo menos así parecía mientras observaba su auditorio espiando los ojos, los ojos secretos que le vigilaban, y al mismo tiempo soplaba con los labios y ponía en acción sus grandiosos pulmones y sus dedos inmortales, con sus ojos separados, interesados y humanos, el más simpático músico de jazz que se pueda imaginar, y al mismo tiempo, naturalmente, el más grande; observándonos a Mardou y a mí en la infancia de nuestro amor, y probablemente preguntándose por qué, o sabiendo que no podría durar, o viendo cuál de los dos habría de sufrir; y ahora, evidentemente, pero no del todo todavía, eran los ojos de Mardou los que brillaban en mi dirección; salvo una circunstancia, que al volver a casa, terminada la reunión y bebida la cerveza en el Mask, íbamos en el ómnibus de la calle Tercera, tristemente, a través de la noche y las luces pulsantes de neón; repentinamente me incliné sobre ella para gritarle algo y su corazón (en su secreto interior, según confesiones posteriores) dio un salto al percibir la «dulzura de mi aliento» (así dijo) y de pronto casi me amó; y yo sin saberlo, cuando llegamos a la puerta triste, oscura y rusa de Heavenly Lane, un gran portón de hierro que chirriaba sobre las baldosas al abrirse, entre las entrañas desparramadas de los cubos de basura malolientes, tristemente apoyados unos sobre otros, espinazos de pescado, gatos, y por fin la callejuela; era la primera vez que yo la veía (la prolongada historia y la inmensidad de esa callejuela en mi alma, desde aquella vez en 1951, cuando pasando con mi cuaderno de apuntes un crudo atardecer de octubre, ocupado en descubrir mi propia alma de literato, vi por fin al subterráneo Victor que una vez se había venido a Big Sur en motocicleta, y según se decía había ido hasta Alaska con esa misma motocicleta y con la nena subterránea Dorie Kiehl; allí me lo vi venir con su abrigo harapiento de Jesús, en dirección a su cuartito de Heavenly Lane, y le seguí un rato, preguntándome cómo sería esa Heavenly Lane, recordando las largas conversaciones que durante años había tenido con personas como Mac Jones acerca del misterio y del silencio de los subterráneos, esos «Thoreau urbanos» como los llamaba Mac, también Alfred Kazin en las conferencias de la Nueva Escuela de Nueva York, cuando comentaba que todos los estudiantes se interesaban por Whitman desde un punto de vista sexual-revolucionario y en Thoreau desde un punto de vista contemplativo místico y antimaterialista como si se tratase de un existencialista o lo que fuese; el asombro y la inocencia estilo *Pierre* de Melville ante esa callejuela, los vestiditos oscuros de algodón de las *beat,* las historias que corrían de grandes saxofonistas que se inyectaban droga junto a las ventanas rotas y se ponían a tocar, o de grandes poetas jóvenes con barba que yacían allá arriba sumidos en sus santas oscuridades estilo Rouault; Heavenly Lane, la famosa Heavenly Lane donde todos los subterráneos, tarde o temprano, terminaban por irse a vivir, como Alfred y su enfermiza mujercita, parecía algo salido directamente de los arrabales del San Petersburgo de Dostoievski, pero en realidad eran los verdaderos idealistas barbudos norteamericanos; en todo caso era el producto genuino en su plena perfección), era la primera vez que la veía, pero con Mardou, la ropa colgada en el patio, en realidad el patio del fondo de una gran casa de apartamentos con veinte familias y ventanas como balcones; la ropa colgada delante de las ventanas y por la tarde la vasta sinfonía de madres italianas, de criaturas, de padres que se hacían los Finnegan y chillaban desde lo alto de una escalerita, olores, gatos que maullaban, mexicanos, la música de todas las radios, con los boleros de los mexicanos y los tenores italianos de los comedores de espaguetis y las sinfonías KPEA de Vivaldi, a veces a todo volumen, de los conciertos de intelectuales tipo clavicordio, el estruendo tremendo que terminé por oír todo el verano acurrucado en los brazos de mi amor; entraba por fin, y subía por las escaleras angostas y mohosas como en un antro, y por fin su puerta.

Con segunda intención le pedí que bailáramos; previamente ella había sentido hambre de modo que le sugerí, y en efecto fuimos y compramos en Jackson y Kearny ese plato chino a base de huevos y ahora ella lo calentaba (más tarde confesó que lo aborrecía aunque es uno de mis platos favoritos y es típico de mi conducta subsiguiente que ya estuviera obligándola a tragar ciertas cosas que ella en su subterránea tristeza prefería soportar a solas y cuando era posible olvidar), ¡ah! Bailando, ya había apagado la luz, de modo que en la oscuridad, bailando, la besé; era vertiginoso, en el remolino del baile, ese principio, el acostumbrado principio de los amantes que se besan de pie en un cuarto oscuro; el cuarto es el de la mujer y el hombre es todo oscuras intenciones; para terminar más tarde con bailes alocados, ella sobre mi bajo vientre o mis muslos mientras yo la hacía girar echado hacia atrás para mantener el equilibrio y ella alrededor de mi cuello con sus brazos que llegaron a enardecer tanto mi persona que en ese momento solo se podía llamar caliente...

Muy pronto supe que ella no tenía ninguna creencia ni había tenido por otra parte ocasión de aprenderla: la madre negra muerta al darle a luz, el padre desconocido, mestizo de indio cherokee, un vago que llegaba arrojando los zapatos reventados a través de las llanuras grises del otoño con un sombrero mexicano negro y una bufanda rosada, en cuclillas junto a las fogatas lanzando botellas vacías hacia la noche, gritando: «¡Yaa Calexico!»

Zambullirme rápidamente, morder, apagar la luz, ocultar mi cara avergonzado, hacer desesperadamente el amor con ella a causa de mi falta de amor que ya duraba un año por lo menos y la necesidad que me impelía, nuestros pequeños acuerdos en la oscuridad, las cosas que realmente no deberían ser dichas; porque fue ella quien más tarde dijo: «Los hombres son tan locos, desean la esencia: la mujer es la esencia, ahí la tienen directamente entre las manos, pero ellos se precipitan en todas direcciones erigiendo inmensas construcciones abstractas.» «¿Quieres decir que tendrían que quedarse tranquilamente en casa con la esencia, es decir pasarse el día acostados debajo de un árbol con la mujer? Pero Mardou, esa es una vieja idea mía, una idea divina, que no la había oído nunca tan bien expresada, ni lo hubiera soñado.» «En cambio ellos se precipitan en todas direcciones y entablan grandes guerras y consideran a las mujeres un premio, en vez de seres humanos; muy bien, hombre, no se puede negar que yo estoy en medio de toda esta porquería pero te aseguro que no pienso participar en lo más mínimo» (con la dulce entonación educada de la nueva generación de hipsters).

Y es así como, una vez obtenida la esencia de su amor, ahora erijo grandes construcciones verbales, y de ese modo en realidad lo traiciono, repitiendo calumnias como quien tiende las sábanas sucias del mundo; y las suyas, las nuestras, durante los dos meses de nuestro amor (así lo creí) solo fueron lavadas una vez, porque ella era una subterránea solitaria que se pasaba los días abstraída y decidida a llevarlas al lavadero, pero de pronto se descubre que ya es casi de noche y demasiado tarde, y las sábanas ya están grises, hermosas para mí porque así son más suaves. Pero en esta confesión no puedo traicionar las cosas más íntimas, los muslos, lo que los muslos contienen –¿Y entonces por qué escribir?–; los muslos contienen la esencia, y sin embargo aunque allí hubiera debido quedarme y de allí vengo y eventualmente retornaré, igualmente debo escapar y construir, construir, para nada, para los poemas de Baudelaire.

Ella no empleó nunca la palabra amor, ni siquiera en ese primer momento después de nuestra danza salvaje cuando me la llevé, todavía colgada de mí, hasta la cama y lentamente me eché sobre ella, sufriendo por encontrarla, lo que la encantaba, y habiendo sido asexual durante toda su vida (salvo en su primera conjunción a los quince años que no sé por qué motivo la satisfizo, lo que nunca más volvió a repetirse) (¡Oh, el dolor de tener que contar estos secretos aunque es necesario contarlos, si no para qué escribir o vivir), ahora *casus in eventu est,* pero con la satisfacción de dar rienda suelta a mis problemas de la manera más trivial y egoísta cuando he bebido unos cuantos vasos de cerveza. Acostados en la oscuridad, suaves, tentaculares, esperando, hasta que llega el sueño; para despertar por la mañana gritando por las pesadillas de la cerveza, y ver a mi lado a esa negra que duerme con los labios entreabiertos, con unos pedacitos del relleno blanco de la almohada incrustados en su pelo negro; siento casi repugnancia, comprendiendo que soy una bestia por el hecho de haber sentido una cosa parecida, cuerpecito dulce de uva desnudo sobre las sábanas revueltas por la excitación de la noche anterior; el ruido de Heavenly Lane que se insinúa a través de la ventana gris, una mañana tétrica y gris de agosto que me da ganas de irme enseguida y «volver al trabajo», la quimera del trabajo, no la quimera sino el sentido ordenado y progresivo del beber que había llegado a adquirir y perfeccionar en mi casa (en South City) por humilde que esta fuera, sus comodidades, la soledad que entonces yo deseaba y que ahora no puedo soportar.

Me levanté y empecé a vestirme; me disculpé; ella seguía tendida como una pequeña momia sobre la sábana y me miraba con sus ojos negros y serios, como los ojos vigilantes del indio en el bosque, con las pestañas negras que de pronto se alzan para revelar el blanco repentino y fantástico del ojo con su centro irisado, pardo y brillante, la seriedad de su cara acentuada por la nariz levemente mongoloide, como la de un boxeador, y las mejillas un poco hinchadas por el sueño; como la cara de una hermosa máscara de pórfido azteca descubierta hace muchísimo tiempo. «Pero ¿por qué tienes que irte tan pronto, con ese aire preocupado, o histérico?» «La verdad es que tengo un trabajo que hacer, algo que poner en orden, además del dolor de cabeza...», y ella a duras penas despierta, de modo que me escapo con cuatro palabras de excusa justamente cuando ella se sumerge en el sueño nuevamente, y no vuelvo a verla durante unos cuantos días.

El adolescente seguro de sí, habiendo completado su conquista, apenas medita en su casa en la pérdida del amor de la doncella conquistada, la hermosa de pestañas negras; no se trata de una confesión. Una mañana que me había quedado a dormir en casa de Adam volví a verla, estaba a punto de levantarme, escribir un poco a máquina y tomar café en la cocina todo el día, ya que en esa época el trabajo, el trabajo era mi pensamiento dominante, no el amor; no el sufrimiento que me impulsa a escribir esto aun cuando no tengo ganas de hacerlo, el sufrimiento que no se calmará escribiéndolo sino que se intensificará, aunque será redimido; si por lo menos fuera un sufrimiento digno y se pudiera colocar en alguna parte que no fuera esta negra alcantarilla de vergüenza y de pérdida, de locura ruidosa en medio de la noche, y de pobres sudores de mi frente. Adam se estaba levantando para irse a trabajar, y yo también, me lavaba, murmurando algo, cuando sonó el teléfono y era Mardou, que salía para ir a ver al médico, pero necesitaba una moneda para el autobús, ya que vivía a la vuelta de la esquina. «Muy bien, ven pero pronto porque debo irme al trabajo, o si no le dejo la moneda a Leo.» «Oh, ¿está ahí?» «Sí.»

En mi mente surgieron pensamientos viriles de hacer otra vez el amor y en el fondo deseos de volver a verla de repente, como si creyera haberla decepcionado la primera noche (no tenía ningún motivo para creerlo, previamente al acto se me había echado sobre el pecho comiendo el plato chino a base de huevos y mirándome con ojos alegres y brillantes, ¿que tal vez esta noche estará devorando mi enemigo?), pensamiento que me obliga a apoyar la frente caliente y grasienta sobre mi mano cansada –¡oh, amor, me has abandonado!– ¿o tal vez nuestras telepatías se cruzan en simpatías a través de la noche? La comezón de que el frío amante de la lujuria perciba la cálida hemorragia del espíritu. De modo que llegó, a las ocho de la mañana; Adam se fue a trabajar y nos quedamos solos e inmediatamente se acurrucó en mi regazo, ante mi invitación, en el gran sillón relleno de estopa, y nos pusimos a conversar, ella empezó a contarme su historia y yo encendí (a pesar del día gris) la mortecina lamparita roja, y así comenzó nuestro verdadero amor.

Sentía la necesidad de contármelo todo; sin duda, apenas unos días antes, le había contado ya toda la historia a Adam y él la había escuchado retorciéndose la barba con un sueño en sus ojos lejanos para parecer atento y amante en la desolada eternidad, asintiendo. Pero ahora conmigo todo empezaba nuevamente desde el principio, aunque como si yo fuera (así me pareció) un hermano de Adam, un amante más grande y más importante, un espectador más terrible y que suscitara mayores preocupaciones. Allí estábamos en el San Francisco todo gris del grisáceo Oeste, casi se podía oler la lluvia en el aire; lejos, al otro lado del Estado, allende las montañas, más allá de Oakland y más allá también de Donner y de Truckee estaba el gran desierto de Nevada, las tierras áridas que lindaban con Utah, con Colorado, con las llanuras frías, frías cuando llega el otoño, donde yo seguía imaginándome el padre vagabundo cherokee mestizo tendido panza abajo sobre una chabola mientras el viento le remueve los harapos y el sombrero negro mexicano, con su cara triste y morena frente a todas esas tierras y toda esa desolación. Pero en otros momentos me lo imaginaba trabajando de bracero en los alrededores de Indio; bajo la noche sofocante está sentado en una silla sobre la acera, entre hombres en mangas de camisa que se hacen bromas, y él escupe y ellos le dicen: «Oye, indio, cuéntanos otra vez la historia de cuando robaste un taxi y llegaste a Manitoba en el Canadá; ¿nunca se la oíste, Cy?» Yo veía la visión de su padre: de pie, orgulloso, magnífico, bajo la luz desolada, roja y mortecina de América en un rincón, nadie sabe cómo se llama, a nadie le importa...

Eran pequeñas anécdotas sobre sus locuras y sus fugas sin importancia, cuando se llegaba hasta las afueras y fumaba demasiada marihuana, aventuras que sin embargo significaban tantos terrores para ella (a la luz de mis propias meditaciones sobre su padre, el fundador de su carne y predecesor en terrores de los suyos; y conocedor de locuras mucho mayores que las que ella podía recordar o aun siquiera imaginar en sus ansiedades de origen psicoanalítico), formaban sencillamente un fondo para mis pensamientos sobre los negros y los indios y los Estados Unidos en general pero con todos los matices suplementarios de la «nueva generación» y otras circunstancias históricas en medio de las cuales ella se debatía ahora lo mismo que todos nosotros, en esa Tristeza Europea de todos nosotros; la inocente seriedad con la cual ella contaba su historia y con la cual yo la había escuchado tan a menudo, y también la había contado yo mismo –acariciándonos con ojos absortos, juntos en el paraíso–, dos hipsters americanos de los años cincuenta sentados en un cuarto en la penumbra, con el estrépito de las calles al otro lado del suave alféizar desnudo de la ventana. Interés en su padre, porque yo había estado en los lugares y me había sentado en el suelo y había visto las vías, el acero de los Estados Unidos que cubría la tierra colmada de huesos de los antiguos indios y de los indígenas americanos. En el frío otoño gris de Colorado y de Wyoming yo había trabajado y había visto los indios vagabundos que surgían repentinamente de los matorrales junto a las vías y avanzaban lentamente, con labios de buitre, mandíbulas prominentes y arrugas en la cara, hacia la gran sombra de sus sacos livianos y sus baratijas, conversando tranquilamente entre ellos y tan distantes de las preocupaciones de los peones de campo, y aun de los negros de las calles de Denver, los japoneses, y en general las minorías de armenios y de mexicanos del Oeste; hasta el punto de que el hecho de contemplar un grupo de tres o cuatro indios que atraviesa un campo y cruza las vías del tren es para nuestros sentidos algo tan increíble como un sueño; uno piensa: «Deben ser indios –ni un alma que los mire–, van en esa dirección, nadie los observa, a nadie le importa hacia qué lado vayan, ¿serán de alguna reserva?, ¿qué llevarán en esos sacos de papel marrón?», y solo después de un inmenso esfuerzo uno comprende: «Pero si eran los habitantes de estas tierras y eran ellos bajo estos cielos enormes los que se preocupaban y cuidaban y protegían a sus mujeres, reunidos en enteras naciones alrededor de sus tiendas; y ahora el ferrocarril que pasa sobre los huesos de sus antepasados los empuja, señalándoles el infinito, reliquias de humanidad que pisan ligeramente la superficie

35

del suelo, tan profundamente supurado del almacenamiento de sus desdichas que basta excavar un palmo en la tierra para encontrar la mano de un niño. Y el tren de pasajeros pasa a su lado como una flecha, brum, brum, los indios apenas lo miran, los veo desaparecer en la lejanía como puntitos», y sentado en el cuarto de la lámpara roja en San Francisco, ahora con la tierna Mardou, pienso: «Y ese era tu padre, el que yo vi en la gran soledad gris, el que se perdió en la noche; de sus jugos provienen tus labios, tus ojos llenos de sufrimiento y de aflicción, y no sabremos nunca su nombre ni su destino.» Su manecita morena se acurruca en la mía, sus uñas son más pálidas que la piel, lo mismo en los pies; descalza, tiene un pie recogido entre mis muslos para calentárselo; charlamos, iniciamos nuestra relación en el plano más profundo del amor y de los relatos de respeto y vergüenza. Porque la clave más importante del coraje es la vergüenza, y las caras imprecisas del tren que pasa no ven en la llanura sino las siluetas de los vagabundos que se alejan y desaparecen...

«Recuerdo un domingo, habían venido Mike y Rita, fumamos una marihuana fortísima, dijeron que tenía cenizas volcánicas dentro y era la más fuerte que habían fumado jamás.» «¿Venía de Latinoamérica?» «De México; varios de ellos habían ido en tren y la habían comprado entre todos, en Tijuana o algo así, no recuerdo; en esa época Rita estaba medio loca, cuando ya estábamos del otro lado se levantó muy dramáticamente y se plantó en medio del cuarto diciendo que sentía los nervios que le ardían a través de los huesos. Imagínate, verla enloquecer delante de mis ojos, me puse nerviosa y se me ocurrió no sé qué de Mike, insistía en mirarme como si quisiera asesinarme, tiene una mirada tan rara en realidad; salí a la calle y eché a andar y no sabía de qué lado tomar, mi mente elegía una tras otra todas las direcciones que me pasaban por la imaginación pero el cuerpo seguía avanzando derecho por Columbus Avenue aunque sentía la sensación de cada una de las direcciones que mental y emotivamente tomaba, asombrada de todas las direcciones posibles que uno puede seguir a medida que aparecen los diversos estímulos, y cómo pueden hacer de uno una persona diferente; a menudo he pensado en estas cosas cuando era niña, en el hecho de si, supongamos, en vez de seguir por Columbus como de costumbre, hubiera tomado por Filbert, ¿habría ocurrido alguna cosa que en ese momento me pareciera insignificante pero que probablemente influiría sobre toda mi vida, al fin de cuentas? ¿Qué me espera en la dirección que no tomo? Y todo lo demás; por lo cual, si esta no hubiera sido para mí una constante preocupación que me acompañaba en mi soledad, y de la cual extraía todas las variaciones que me resultaban posibles, ahora no me preocuparía, salvo por el hecho de que al ver los horribles caminos hacia los cuales me conduce este puro suponer me muero de terror, si yo no fuera tan condenadamente persistente...», y así siguió durante horas, un relato largo y confuso del cual solo recuerdo fragmentos, imperfectamente; una mera masa de desdicha en forma sucesiva.

Efectos de la droga en ciertas tardes lúgubres en el cuarto de Julien, y Julien que seguía sentado sin prestarle la menor atención, contemplando fijamente el vacío gris polilla moviéndose solo de vez en cuando para cerrar la ventana o modificar el cruce de las piernas, los ojos fijos y abiertos en una meditación tan larga y tan misteriosa y como digo tan de Cristo realmente, tan exteriormente de cordero, que era suficiente para enloquecer a cualquiera, decía yo, vivir allí aunque fuera un solo día con Julien o con Wallenstein (otro del mismo tipo) o Mike Murphy (otro del mismo tipo), los subterráneos con sus lúgubres meditaciones perdurables. Y la muchacha en ese momento dócil, esperando en un rincón oscuro, como yo bien recordaba la vez que estaba en Big Sur y Victor llegó con su motocicleta literalmente hecha en casa, y con la pequeña Dorie Kiehl, había una fiesta en la casita de campo de Patsy, cerveza, velas, radio, conversación, y sin embargo durante la primera hora los recién llegados, con sus cómicas ropas andrajosas, y él con esa barba y ella con esos ojos serios y sombríos, se habían quedado sentados prácticamente escondidos detrás de las sombras de las velas, de modo que nadie pudiera verlos, y como no decían tampoco absolutamente nada sino sencillamente (cuando no escuchaban) meditaban, fruncían el ceño, subsistían, finalmente hasta yo me olvidé de su presencia; y esa misma noche, más tarde, durmieron en una caseta para perros en el campo bajo el rocío neblinoso de la Noche Estrellada de la costa del Pacifico, y con el mismo humilde silencio no hicieron ningún comentario por la mañana. Victor, siempre en mi recuerdo, el máximo exagerador de las tendencias al silencio de la generación de los hipsters subterráneos, el misterio bohemio, las drogas, la barba, la semisantidad y, como pude descubrir después, la insuperable mala educación (como George Sanders en *Soberbia);*[1] del mismo modo Mardou, una muchacha sana por derecho propio y proveniente del aire libre y abierto dispuesta al amor, se escondía ahora en un rincón mohoso esperando que Julien le hablara. De vez en cuando en medio del «incesto» general, astuta y silenciosamente, mediante algún acuerdo de las partes o maniobras secretas de Estado, se la habían cambiado de manos, o sencillamente, lo más probable, habían dicho: «Oye, Ross, llévate a Mardou contigo esta noche, quisiera acostarme con Rita para variar», y había debido quedarse en casa de Ross durante una semana, fumando las cenizas volcánicas, perdiendo la razón (con el agregado de la tensa ansiedad de una incorrecta actividad sexual, ya que las eyaculaciones prematuras de esos anémicos *maquereaux* la dejaban en suspenso, presa de la tensión y del asombro). «Yo era apenas una muchachita inocente cuando los conocí, independiente y en cierto modo, bueno, no feliz ni nada por el estilo, pero con la impresión de que algo debía hacer; quería ir a una escuela nocturna, no me faltaba trabajo, podía encuadernar en la casa de Olstad y en algunos pequeños establecimientos allá en Harrison; la maestra de arte, pobrecita, me decía en la escuela que yo podía llegar a ser una gran escultora y en ese entonces vivía con otras

---

1 *The Moon and Sixpence,* película basada en la novela homónima de Somerset Maugham. *(N. del T.)*

compañeras y me compraba la ropa que me hacía falta y en general me las arreglaba bastante bien» (chupándome el labio, y ese breve «cuc» de la garganta al tragar aire rápidamente con melancolía, como resfriada, como se oye en las gargantas de los grandes bebedores, pero ella no es una bebedora sino una que se entristece a sí misma) (suprema, oscura) (enroscando mejor un brazo cálido alrededor de mi cuerpo) «y él allí tendido diciendo ¿qué pasa? y no consigo entenderlo...» No puede comprender de pronto lo que ha ocurrido porque ha perdido la razón, el reconocimiento cotidiano de su propia persona, y siente el zumbido fantástico del misterio, realmente no sabe quién es y para qué y dónde está, mira por la ventana y la ciudad, San Francisco, es el escenario desnudo, desolado e inmenso de alguna broma gigantesca que se perpetra contra ella. «Dándole la espalda, no sabía qué pensaba Ross, ni siquiera qué hacía.» No tenía una sola prenda encima, se había levantado de las sábanas satisfechas del hombre para detenerse frente al baño gris de la hora melancólica meditando qué hacer, adónde ir. Y cuanto más permanecía allí con el dedo en la boca, más le repetía él «¿Qué pasa, mujer?» (por último se aburrió de preguntárselo y la dejó tranquila donde estaba), y tanto más sentía ella la presión interna que quería estallar y la explosión que se acercaba; por fin dio un gigantesco paso hacia adelante tragando saliva aterrada, todo parecía claro, el peligro estaba en el aire, estaba escrito en las sombras, en el lóbrego polvo detrás de la mesa de dibujo en el rincón, en los cubos de basura, en el gotear gris del día que chorreaba a lo largo de la pared y entraba por la ventana, en los ojos hundidos de la gente, y salió corriendo del cuarto. «¿Qué dijo?»

«Nada, no se movió, pero apenas había alzado la cabeza de la almohada cuando volví a mirarla al cerrar la puerta; estaba desnuda en el callejón, no me importaba, estaba tan absorta en esta comprensión de todo, sabía que era una muchacha inocente.» «Un bebé desnudo, diablos» (y para mí: «Dios santo, esta muchacha, Adam tiene razón, está loca, yo no hubiera hecho nada parecido, el ataque me daría como la vez que tomé la benzedrina con Honey en 1945 y me creí que ella quería usar mi cuerpo para hacer andar el coche del grupo, y el derrumbe y las llamas, pero no cabe duda de que nunca saldría por las calles de San Francisco desnudo, aunque tal vez lo habría hecho si me hubiera parecido que se imponía una decisión inmediata, oh sí») y la miré pensando si estaría diciéndome la verdad. Estaba en el callejón, preguntándose quién era, de noche, en medio de una neblina que era casi llovizna, en medio del silencio de San Francisco dormida, los barcos de la bahía, la mortaja sobre la bahía de esas grandes nieblas de boca con garras, la aureola de luz cósmica y fantástica que se elevaba en medio de los anuncios luminosos y de Alcatraz, su corazón que latía rumorosamente en la calma, la fresca paz oscura. Subida a una cerca divisoria de madera, esperando, para ver si le llegaba alguna idea desde afuera, diciéndole lo que debía hacer ahora, y llena de importancia y de anuncios, porque debía ser exacta, y solo una vez lo sería. «Un desliz en la dirección equivocada...», su manía de la dirección, decidir si debía bajar de un lado de la cerca o del otro, el espacio interminable que se extendía en cuatro direcciones, los hombres de sombrero negro que iban al trabajo por las calles lustrosas sin preocuparse de la muchacha desnuda escondida en la neblina, o si hubieran estado cerca y la hubieran visto se habrían detenido en círculo sin tocarla, simplemente esperando que las autoridades policiales vinieran y se la llevaran en el camión, con sus ojos desinteresados y fatigados, chatos de opaca vergüenza, observando cada una de las partes de su cuerpo, el bebé desnudo. Cuanto más tiempo se quede subida a la cerca, menos será capaz de decidirse por fin a bajar, y arriba, en el cuarto, Ross Wallenstein ni siquiera se mueve de la cama revuelta, imaginándola acurrucada en el vestíbulo de la casa, o tal vez se ha dormido nuevamente, envuelto en su propia piel. La noche lluviosa descendiendo por todas partes, besando en todas partes a los hombres, las mujeres y las ciudades en un solo baño de triste poesía, con hileras de miel de ángeles en la altura tocando las trompetas por encima de los finales, e inmensos como el Pacífico, cantos de Paraíso como mortajas orientales, un cese del temor aquí abajo. Se acuclilla sobre la cerca, la llovizna ligera perla sus hombros morenos, estrellas en su cabello, sus ojos salvajes ahora indios miran fijamente la Negrura con un vaho que emana de su boca morena, la desdicha como cristales de hielo sobre las mantas de los ponis de sus antepasados indios, la llovizna sobre la aldea india hace tanto tiempo, y el humo de los pobres que emergía arrastrándose de debajo de la tierra y cuando una madre afligida desgranaba maíz y lo hervía en esos milenios sin esperanza; el canto de la banda de cazadores asiáticos que atravesaba ruidosamente la última costilla de tierra de Alaska en dirección a los Aullidos del Nuevo Mundo (para ellos y ahora para los ojos de Mardou el Reino eventual del inca, del maya y del azteca vastamente brillante de serpientes de oro y templos tan nobles como Grecia, Egipto, las largas mandíbulas ralas y las narices chatas de los templos y el salto de esas mandíbulas al hablar hasta que los españoles de Cortés, los vagabundos y fatigados europeos de Pizarro, con sus afeminados bombachos holandeses, llegaron pisoteando las cañas de las llanuras para descubrir ciudades resplandecientes de Ojos Indios, altas, paisajísticas, buleváricas, ritualizadas, heráldicas, empavesadas bajo ese mismo Sol del Nuevo Mundo hacia el cual se elevaba el corazón estremecido), su corazón que latía bajo la lluvia de San Francisco, sobre la cerca, de cara a las verdades últimas, dispuesta a partir, a correr por la tierra y volver y replegarse nuevamente donde estaba y donde estaba todo, consolándose a sí misma con visiones de verdad, bajando de la cerca, avanzando de puntillas, descubriendo un zaguán, temblando, entrando subrepticiamente...

«Me había decidido, había erigido una especie de estructura, era como... pero no puedo...» Empezaba de nuevo, empezaba partiendo de su misma carne bajo la lluvia: «¿Por qué habría de querer alguien dañar mi corazoncito, mis pies, mis manos, mi piel en la cual estoy envuelta porque Dios quiere que esté calentita y Adentro, los dedos de mis pies?, ¿por qué Dios creó todo esto tan sujeto a la descomposición, a la muerte y al daño, y por qué quiere hacerme comprender y gritar, por qué la tierra salvaje y los cuerpos desnudos y las interrupciones? Yo temblé cuando el creador conjuraba, cuando mi padre gritaba, cuando mi madre soñaba, empecé a ser pequeña y me inflé y ahora soy mayor, nuevamente una criatura desnuda, solamente destinada al llanto y al temor. ¡Ah!, protégete, ángel sin daño, tú que nunca has causado daño ni podrías causarlo ni romperle a otro inocente su caparazón y la fina envoltura de su dolor, envuélvete en una túnica, dulce cordero, protégete de la lluvia y espera, hasta que Papá regrese y Mamá te acoja otra vez caliente en su valle de la luna, teje en el telar del tiempo paciente, sé feliz por las mañanas.» Empezando todo de nuevo, temblando, surgiendo de la callejuela de la noche, desnuda hasta la piel, sobre pies de madera ante la puerta manchada de algún vecino, llamando, la mujer acude a la puerta respondiendo a la llamada temerosa de los nudillos, ve a la muchacha morena desnuda, asustada. («He aquí una mujer, un alma en mi lluvia, me mira, está asustada.») «Y naturalmente llamaste a la puerta de una perfecta desconocida.» «Estaba segura de ir a casa de Betty, que vive un poco más adelante y volver enseguida, por eso le prometí, segura de hacerlo, que le traería enseguida la ropa, entonces me dejó entrar y sacó una manta y me envolvió en ella, y luego la ropa, por suerte estaba sola, era una italiana. Y una vez más en el callejón, tenía que ocuparme ante todo de la ropa, luego ir hasta casa de Betty y pedirle dos dólares, luego comprar ese prendedor que había visto una tarde en una tienducha en la North Beach, artesanía manual, algo así como hierro forjado, una compra, era el primer símbolo que me iba a permitir.» «Naturalmente.» Emerger de la lluvia desnuda en busca de una túnica para envolver su inocencia, luego la decoración de Dios y la dulzura religiosa. «Como la vez que tuve esa pelea a puñetazos con Jack Steen, que seguía clavada en mi mente.» «¿Una pelea a puñetazos con Jack Steen?» «Eso fue mucho antes, todos los yonquis en el cuarto de Ross, poniéndose las inyecciones con Pusher, ya conoces a Pusher, bueno, me desnudé del todo también allí... todo formaba parte... de la misma locura...» «Pero esa manía de desnudarse, de quitarse la ropa» (para mí mismo). «Estaba en medio del cuarto, ya del otro lado, y Pusher rasgueaba la guitarra, una cuerda sola, y me acerqué a él y le dije: "Oye, no me rasguees esas notas de mierda a *mí*" y él se levantó sin decir una palabra y se fue.» Y Jack Steen se puso furioso con ella y pensó golpearla y dejarla knock-out con los puños para que volviera en sí, de modo que la emprendió a golpes pero ella era tan fuerte como él (esos pálidos ascetas yonquis americanos que apenas pesan cincuenta kilos), blam, y se pusieron a pelear delante de los otros que ni se movían. También había echado pulsos con Jack, y con Julien, y prácticamente les había ganado. «Como Julien que a la larga me ganó el pulso pero en realidad se había enfurecido y había tenido que empujarme para ganarme, me hizo daño y estaba realmente fuera de sí» (alegre, diminuto resoplido a través de sus dientecitos salientes); por lo tanto había peleado con Jack Steen y realmente casi le había dado una paliza, pero Jack estaba furioso y los vecinos de abajo llamaron a la policía que vino y hubo que explicarles «bailábamos». «Pero ese mismo día yo había visto esa cosa de hierro, un clip con un hermoso brillo opaco, que se lleva en la base del cuello, sabes qué bien me quedaría sobre mi pecho.» «Sobre tu esternón moreno el oro opaco sería hermoso, pequeña; sigue con tu extraordinario relato.» «Por lo tanto, inmediatamente sentí la necesidad de ese clip, a pesar de la hora, ya eran las cuatro de la madrugada, y estaba vestida con ese viejo abrigo y los zapatos y el vestido viejo que la mujer me había dado, me sentía como una vagabunda pero me parecía que nadie se daría cuenta, corrí a casa de Betty para pedirle los dos dólares, y la desperté...» Exigió el dinero, acababa de salir de la muerte y el dinero era simplemente un medio de obtener el broche brillante (el estúpido sistema inventado por los inventores del trueque y el regateo y la historia de quién es dueño de esto, quién es dueño de aquello). Y echó a correr por la calle con sus dos dólares, para llegar a la tienda mucho antes de que esta se abriera; entró en una lechería para tomar un café, se sentó junto a una mesita, veía por fin el mundo, los sombreros melancólicos, las aceras lustrosas, los carteles que anunciaban arenque ahumado, los reflejos de la lluvia en los cristales del café y en los espejos de la columna, la belleza del mostrador donde se exhibían las meriendas frías, montañas de bollos fritos y el vapor de la máquina del café. «Qué cálido es el mundo, lo único que hace falta es conseguir esas monedillas simbólicas, que permiten acercarse al calor y la comida que se desee, ya no hay que arrancarse la piel y masticarse los huesos en los callejones, porque esos lugares fueron creados para alojar y confortar a la gente de carne y hueso que acude a ellos para llorar y consolarse.» Allí se ha sentado, mirando fijamente a todo el mundo; los habituales maniáticos del sexo no se atreven a devolverle la mirada a causa de la alocada vibración de sus ojos, olfatean un peligro vivo en el apocalipsis de su cuello tenso y ávido y en sus manos nerviosas y temblorosas. «Esa no es una mujer.» «Esa india loca terminará por matar a alguien.» Llega la mañana: Mardou se encamina feliz y absorta, sumergida en su propia persona, hacia la tienda, a comprar el clip; se detiene en un drugstore delante del expositor rotatorio de las tarjetas postales, durante dos buenas horas, examinando las tarjetas una por una, minuciosamente, una y otra vez, porque solo le quedan diez centavos y con ellos puede comprar solamente dos tarjetas, y estas dos tarjetas deben ser privados talismanes de su nueva e importante comprensión, emblemas personales y augurales; sus labios ávidos se curvan al advertir los pequeños significados de las sombras del funicular en los rincones, el barrio chino, las floristas, el azul, los empleados asombrados: «Hace dos horas que está aquí, sin medias, con las rodillas sucias, mirando las tarjetas, será alguna recién casada que se ha escapado de casa, una mujer de color, y viene a la gran tienda del hombre blanco, seguramente en toda su vida no ha visto una tarjeta postal en colores.»

La noche antes la habrían visto entrar en el bar de Foster en Market Street con la última moneda (otra vez), pedir un vaso de leche, echarse a llorar sobre la leche; y los hombres que siempre la miraban y trataban de acercársele, pero no ahora, no había caso, tenían miedo, porque era una criatura, y porque... «¿Por qué no se les ocurrió a Julien o a Jack Steen o a Walt Fitzpatrick ofrecerte algún rincón donde pudieras refugiarte, o por lo menos prestarte un par de dólares?» «Pero si no les importaba nada, yo les daba miedo, realmente no me querían tener con ellos, hacían gala de una especie de distante objetividad, me vigilaban, me hacían preguntas feas; un par de veces Julien quiso representar la escena del interés, ya sabes, preguntándome: "¿Qué te pasa, Mardou?" y demás rutinas, con su falsa simpatía, pero en realidad lo único que le impulsaba era la curiosidad de saber por qué estaba así; ninguno de ellos me hubiera dado nunca un céntimo, viejo.» «Esos tipos te trataron realmente mal, ¿no te parece?» «Sí, bueno, ellos nunca tratan a nadie, en el fondo no hacen nunca nada, tú te ocupas de tus asuntos, yo me ocupo de los míos.» «Existencialismo.» «Pero el existencialismo de los americanos es peor, es el existencialismo de los maniáticos del jazz y de los yonquis; yo estuve bastante con ellos, hacía ya casi un año, y cada vez que nos reuníamos me daban un chute realmente fuerte, esa es la verdad.» Se sentaba entre ellos, hasta que empezaban a cabecear; y en el silencio mortal esperaba, percibiendo las lentas, las serpentinas ondas de vibración que se abrían paso a través de la habitación, los párpados se cerraban, las cabezas caían hacia adelante y volvían a levantarse de pronto, alguien murmuraba algún desagradable lamento: «Demonios, ya me ha drogado ese hijo de perra de MacDoud con todas sus rutinas siempre quejándose porque no tiene suficiente dinero para una dosis, si pudiera conseguir una media porción o pagar una media... demonios, no he visto nunca nada más fastidioso, mierda, por qué no se irá a alguna parte a hacerse humo, um» (ese «um» de los yonquis con que termina toda afirmación disparatada, y todo lo que uno dice es disparatado, *um, jum,* el sollozo caprichoso infantil que se esfuerza por no explotar en un alarido ¡uaaa! inmenso y pueril con toda la cara arrugada que les viene del regreso a la infancia provocado por la droga). Mardou estaba sentada entre ellos, y finalmente saturada de marihuana o de benzedrina empezaba a sentirse como si le hubieran puesto una inyección, se echaba a caminar por la calle sin saber dónde estaba y hasta llegaba a sentir el contacto eléctrico con los demás seres humanos (reconociendo un hecho en medio de su sensibilidad), pero a veces sentía fuertes sospechas, porque alguien le ponía secretamente las inyecciones y la seguía por la calle, él era realmente el responsable de la sensación eléctrica, tan independiente de toda ley natural del universo. «Pero realmente no habrás creído una cosa semejante; o tal vez sí, la has creído, cuando me fui del otro lado en 1945 con la benzedrina yo creía realmente que la muchacha quería mi cuerpo para quemarlo y meterme en los bolsillos los documentos de su amigo, para que la policía pensara que se había muerto, y se lo dije, además.» «Oh, ¿y qué hizo?» «Dijo: "Uuh, papito", y me abrazó y me cuidó, era una vagabunda loca, una tal Honey, me maquillaba con *pancake* para que no se viera lo pálido que estaba, yo había perdido quince kilos, o diez, o cinco, pero ¿qué pasó después?» «Seguí paseando con mi clip nuevo.» Entró en una especie de tienda de recuerdos y se encontró con un hombre sentado en una silla de ruedas. (Encontró una puerta con jaulas y canarios verdes detrás del cristal y entró, quería tocar las cuentas, contemplar los peces de oro, acariciar el viejo gato gordo que tomaba el sol tendido en el suelo, detenerse en la fresca jungla verde de papagayos de la tienda, en lo alto de los ojos verdes que no son de este mundo, de los loros que retuercen sus cuellos estúpidos para empastarse y hundirse en pluma loca, y sentir gracias a ellos esa clara comunicación de terror ornitológico, los espasmos eléctricos de su percepción, scuok, lik, lik, y el hombre era extremadamente raro.) «¿Por qué?» «No sé, era sencillamente raro, quería, hablaba conmigo muy claramente e insistiendo... como mirándome intensamente en los ojos, prolongadamente, pero sonriendo ante los temas más sencillos y triviales, aunque ambos sabíamos que queríamos decir algo distinto de lo que decíamos –sabes cómo es la vida– , para decir verdad hablábamos de túneles, del túnel de Stockton

Street y del que acaban de construir en Broadway; en realidad se habló mucho más sobre *ese,* pero mientras hablábamos del túnel una gran corriente eléctrica de verdadera comprensión pasaba entre nosotros y yo podía sentir los otros planos, la cantidad infinita de otros planos, de distintas entonaciones en su voz y en la mía, y el mundo de significados de cada *palabra;* no me había dado cuenta nunca de cuántas cosas *suceden* todo el tiempo, y la gente lo *sabe,* lo demuestra en sus ojos, aunque se *niega* a demostrarlo delante de los demás. Me quedé muchísimo tiempo.» «Debe de haber sido un individuo rarísimo.» «Bueno, era un poco calvo, de aspecto afeminado, edad madura, con ese aire de degollado, o de tener la cabeza en las nubes» (alelado, escuálido) «pensándolo bien, supongo que su madre era esa anciana con el chal; pero, Dios mío, contártelo me llevaría todo un día.» «¡Oh!» «En la calle, esa hermosa anciana de cabello blanco se me había acercado y me había visto, pero preguntaba direcciones, porque le gustaba charlar...» (En esa acera recién llovida, soleada y ahora lírica como de mañana de domingo, Pascua en San Francisco y todos los sombreros rojos a la vista, los abrigos lavanda desfilando bajo las ráfagas frías, las niñitas tan pequeñitas con sus zapatos recién blanqueados y sus abrigos esperanzados pasando lentamente por las empinadas calles blancas, iglesias de viejas campanas activas y al pie de la bajada cerca de Market donde nuestra andrajosa santa Juana de Arco negra vagaba entre hosannas en su piel y en su corazón marrones prestados por la noche, temblores de formularios de apuestas en los puestos de venta de periódicos, admiradores de revistas con fotografías de mujeres desnudas, las flores de la esquina en canastas y el viejo italiano de delantal con los diarios, y el padre chino en su traje ajustado extático empujando al niñito en su coche de mimbre por Powell Street con su mujer de mejillas como círculos rosados y ojos negros relucientes y sombrero nuevo con cola al sol, y allí en medio está Mardou sonriendo intensa y extrañamente, y la anciana señora excéntrica tan poco consciente de su raza negra como el inválido amable de la pajarería y tal vez a causa de su cara franca y abierta ahora, las claras indicaciones de un espíritu puro, inocente y turbado que acaba de emerger de un pozo en la tierra picada de viruela, y por un esfuerzo de sus propias manos rotas se ha levantado a sí misma hasta la salvación y la seguridad, las dos mujeres, Mardou y la vieja señora, en esas calles increíblemente vacías y tristes del domingo, después de los entusiasmos de la noche del sábado, el gran reflejo de un lado y de otro de Market, como un baño de polvo de oro, el temblor del neón en los bares de O'Farrell y Mason, con los vasos de cóctel y los palitos para la cereza guiñando su invitación a los corazones abiertos y famélicos del sábado, y en realidad solo para terminar en el vacío azul de la mañana del domingo, apenas el aletear de unos cuantos papeles junto a las aceras y el largo panorama blanco del lado de Oakland obsesionado por el sabbath, todavía; las aceras de Pascua en San Francisco mientras los barcos blancos se abren paso por la bahía con líneas puras y azules desde Sasebo bajo el arco del Golden Gate, el viento que hace brillar todas las hojas de Marin bañando el reflejo mojado de la blanca ciudad gentil, entre las nubes de pureza perdida, altas sobre el camino de ladrillos y el murallón del Embarcadero, la alusión obsesionada y quebrada de canto de los viejos Pomos que antaño fueron los únicos visitantes de estas últimas once colinas norteamericanas ahora cubiertas de casas blancas, la cara del mismo padre de Mardou, ahora, cuando ella alza la cara para aspirar el aire y hablar en las calles de la vida que se materializa enorme sobre América, desvaneciéndose...) «Y como le dije, pero también conversé, y cuando se fue me dio su flor, me la prendió con un alfiler y me llamó tesoro.» «¿Era blanca?» «Sí, parecía, era muy afectuosa, muy agradable, parecía quererme, como si quisiera salvarme, ayudarme a emerger; subí la colina, por California, hasta más allá de los arrabales, en un lugar pasé delante de un garaje casi blanco, con una gran pared de garaje, y el hombre en un sillón giratorio quería saber qué quería, yo entendía que cada uno de mis movimientos era una obligación tras otra de comunicarme con cualquiera que no accidentalmente sino *calculadamente* se me apareciera por delante, comunicar y recibir esa noticia, la vibración y el nuevo sentido que había adquirido, hablar de todo lo que le ocurría a todo el mundo todo el tiempo en todas partes, decirles que no debían preocuparse, que nadie era tan mezquino como uno se imagina ni... era un hombre de color, en el sillón giratorio, y tuvimos una conversación larga y confusa; él no se mostraba muy dispuesto, lo recuerdo, a mirarme a los ojos ni realmente a escuchar lo que yo le decía.» «Pero ¿qué le decías?» «Sí, ya lo he olvidado todo, algo tan sencillo que no te hubieras imaginado nunca, como esos túneles o como la señora de edad, y yo vagando por calles y direcciones, pero el hombre quería hacer algo conmigo, vi que se abría la cremallera pero de pronto se avergonzó, yo estaba de espaldas y podía verlo reflejado en el cristal.» (En los blancos planos de la blanca mañana de la pared del garaje, el hombre fantasmal y la muchacha de espaldas, encogida, contemplando en la ventana que no solamente refleja al hombre extraño tímido que secretamente la observa sino todo el interior de la oficina, el sillón, la caja de hierro, las profundidades de cemento húmedo del garaje, y los automóviles de brillo opaco, mostrando también las partículas de polvo no lavadas por la lluvia de la noche anterior, y a través del cristal el balcón inmortal de la acera de enfrente, con la ventana de madera del apartamento de inquilinato, donde pronto se verían tres chicos negros extrañamente vestidos que saludaban con la mano, pero sin gritar, a un negro cuatro pisos más abajo con mono de mecánico, y por lo tanto, al parecer, trabajando el domingo de Pascua, que respondía al saludo mientras seguía avanzando en su propia y extraña dirección, la que de pronto cortaba la lenta dirección que habían tomado dos hombres, dos hombres comunes con abrigo y sombrero, pero uno de ellos con una botella y el otro con una criatura de tres años, que de vez en cuando se detenían para llevarse a los labios la botella de jerez californiano Four Stars y beber mientras el sol ventoso de las mañanas de San Francisco hacía ondear sus trágicos abrigos empujándolos de costado, el niño que vociferaba, sus sombras en la calle como sombras de gaviotas, del color de los cigarros italianos liados a mano en los profundos estancos pardos de Columbus y Pacific, y ahora el paso de un Cadillac con cola de pez, en segunda, que se dirigía hacia las casas de lo alto de la colina, con la vista de la bahía, para alguna perfumada visita de parientes que llegan con las historietas, noticias de las viejas tías, caramelos para algún niñito desdichado que anhela que el domingo termine de una vez, que el sol cese de penetrar a través de las persianas y circundar las plantas en maceta, prefiriendo la lluvia y nuevamente el lunes y la alegría del callejón con cerca de madera donde apenas la noche anterior la pobre Mardou casi se había perdido.) «¿Y qué hizo el negro?» «Se cerró otra vez la cremallera. No quería mirarme, volvía la cabeza, era extraño, se avergonzó y se sentó; me recordaba también cuando era niña en Oakland, y el hombre aquel nos mandaba a comprar caramelos y nos daba monedas, y luego se abría la bata y se exhibía.» «¿Un negro?» «Sí, del barrio donde yo vivía, recuerdo que yo no me quedaba nunca en su casa pero mi amiga sí se quedaba y creo que hasta hizo algo con él una vez.» «¿Y qué hiciste con el individuo del sillón giratorio?» «Bueno, creo que salí como había entrado, y era un día hermoso, el día de Pascua, viejo.» «Diablos, para Pascua, ¿dónde estaba yo?» «El sol suave, las flores y yo que me alejaba por la calle y pensaba: "¿Por qué me habré permitido alguna vez aburrirme en el pasado?", y como compensación me emborrachaba o tomaba esas cosas o me daban ataques o todas esas artimañas que usan las personas porque desean algo, cualquier cosa, salvo la serena comprensión de lo que realmente existe, que después de todo es tanto, y las cavilaciones provocadas por las odiosas convenciones sociales, las rabias, el hacerse mala sangre por los problemas sociales y por mi problema racial, todo eso importaba tan poco; aunque ahora podía sentir esa gran seguridad y el oro de la mañana terminaría alguna vez por desvanecerse, y ya había empezado a hacerlo; hubiera podido construir toda mi vida como esa mañana solamente sobre la base de la pura comprensión y el deseo de vivir y seguir adelante, Dios, todo era la cosa más hermosa que jamás me había sucedido, a su manera; pero todo era también siniestro.» La aventura terminó cuando llegó a casa de sus hermanas, en Oakland, y las hermanas se pusieron furiosas con ella en realidad, pero les dio una explicación cualquiera, e hizo cosas raras; advirtió por ejemplo la complicada instalación de hilos eléctricos que su hermana mayor había inventado para conectar la televisión y la radio con el enchufe de la cocina en el destartalado piso superior de madera de su casita cerca de la Séptima y Pine, los porches con gárgolas de madera ennegrecida por el hollín del ferrocarril, como un puñado de tablas viejas en las casuchas construidas con cualquier cosa, donde el patio no es más que un montón de piedras rotas y madera negra mostrando el lugar donde los vagos se han bebido sus botellas la noche anterior, antes de alejarse cruzando la calle de empaquetado de la carne, del lado de la Línea Principal, en dirección a Tracy, a través del vasto imposible Brooklyn-Oakland, lleno de postes de teléfono y de residuos, y los sábados por la noche los bares desenfrenados de los negros, llenos de prostitutas, los mexicanos con su Ay-ayayay en sus propios locales, el coche de la policía que se pasea por la larga triste avenida constelada de borrachos, el brillo de las botellas rotas (ahora en la casa de madera donde se crió en el terror, Mardou se ha acurrucado contra la pared en cuclillas mirando los alambres en la semipenumbra, se oye hablar y no comprende por qué está diciendo esas cosas, excepto que deben ser dichas, emerger, porque ese mismo día, por la tarde, cuando finalmente en su vagabundeo llegó a la alocada calle Tercera, entre las hileras de italianos lentos y los indios con vendajes que rodaban por los callejones bárbaramente ebrios y los cines de diez centavos con tres sesiones y los niñitos de los hoteles de mala muerte que corrían por las aceras y las casas de empeño y los saloncitos de diversiones para negros, al detenerse bajo el sol soñoliento a escuchar de pronto el bop que manaba de las máquinas de discos automáticas, como si fuera por primera vez advirtió la intención de los músicos, de las trompetas y demás instrumentos, e inesperadamente una mística

51

unidad que se expresaba en ondas como si fueran siniestras, y otra vez la electricidad, pero clamando con palpable vivacidad la *palabra* directa de la vibración, los intercambios de afirmación, los planos de ondeante intimación, la sonrisa sonora, la misma viviente insinuación que advertía en la manera con que su hermana había dispuesto esos alambres enroscados, enredados y grávidos de intención, de aspecto inocente pero en realidad, detrás de la máscara de la vida casual, completamente por un acuerdo previo, la boca horrible casi emitiendo sardónicamente víboras de electricidad, colocadas adrede, las que ella había estado viendo todo el día y oyendo en la música y que ahora veía en los alambres). «¿Qué pretendéis hacer, tenéis realmente la intención de electrocutarme?» De modo que las hermanas comprendieron que algo andaba en realidad muy mal, peor que la menor de las hermanas Fox que era alcohólica y se hacía la loca por las calles y la brigada antivicio debía arrestarla periódicamente, algo andaba horrible, inconfundible, innominablemente *mal*. «Fuma drogas, anda con todos esos tipos raros con barba de San Francisco.» Llamaron a la policía y se llevaron a Mardou al hospital; pero ahora comprendía: «Santo Dios, vi que lo que me ocurría era realmente espantoso, lo que me ocurría y lo que iba a ocurrirme, y te aseguro viejo que me sobrepuse enseguida, hablé cuerdamente con todos los que se me ponían al alcance, no hice nada equivocado, y me dejaron salir cuarenta y ocho horas después; las otras mujeres estaban conmigo, mirábamos por la ventana, las cosas que me decían me hicieron comprender qué precioso era realmente quitarse esas malditas batas y salir de allí y encontrarse en la calle, al sol, desde allí se veían los barcos; estar fuera de allí y *libre* para ir donde quisiera, qué grande es realmente y cómo no lo apreciamos nunca, todos tristes, encerrados en nuestras preocupaciones y en nuestra piel, como estúpidos, en realidad, o criaturas ciegas, mimadas, detestables, que hacen la trompa porque... no consiguen... todos... los... caramelos... que quieren, de modo que hablé con los médicos y les dije...» «¿Y no tenías adónde ir?, ¿dónde tenías la ropa?» «Dispersa por todas partes, por toda la costa, tenía que hacer algo; me dejaron estar en esa habitación, unos amigos míos, durante el verano; tendré que irme en octubre.» «¿El cuarto de Heavenly Lane?» «Sí.» «Tesoro; tú y yo, ¿no vendrías a México conmigo?» «¡Sí!» «Suponiendo que vaya a México, es decir, si consigo el dinero; aunque tengo ciento ochenta ya, y en realidad, mirándolo bien, podríamos irnos mañana y arreglarnos, como los indios, quiero decir, todo barato, viviendo en el campo o en los barrios pobres.» «Sí, sería tan hermoso irse ahora mismo.» «Pero si podríamos, o en el fondo preferirías esperar hasta que... se supone que recibiré pronto quinientos dólares, ¿comprendes? y...» (y ese fue el momento en que me la habría podido meter para siempre en el seno de mi propia vida) y ella decía: «Realmente no quiero tener nada más que ver con North Beach ni con ninguno del grupo, hombre, por eso... supongo que hablé y consentí demasiado pronto, ahora no pareces tan seguro» (riendo al verme reflexionar). «Pero estoy solamente pensando en los problemas prácticos.» «Sin embargo estoy segura de que si hubieras dicho "tal vez..." ¡ooh!, no importa», besándome. El día gris, la lamparita roja, yo no le había oído contar una historia semejante a nadie, exceptuando a los grandes hombres que había conocido en mi juventud, esos grandes héroes estadounidenses que habían sido mis compañeros, con los cuales había vivido aventuras y había estado en la cárcel y conocido las auroras harapientas, los *beat* sentados en los bordillos de las aceras viendo símbolos en las alcantarillas saturadas, los Rimbaud y los Verlaine de los Estados Unidos en Times Square, siempre muchachos. Ninguna mujer me había conmovido jamás con un relato de sufrimiento espiritual, mostrando tan hermosamente su alma resplandeciente como la de un ángel que vagara por el infierno y el infierno eran las mismas calles por las cuales yo había vagado siempre observando, esperando que apareciera alguien exactamente como ella, y ni siquiera soñando la oscuridad y el misterio y la eventualidad de nuestro encuentro en la eternidad, la inmensidad de su rostro, que ahora era como la repentina y vasta cabeza de Tiger en un cartel detrás de la cerca de madera en los humosos corralones de residuos de las mañanas de sábados sin escuela, directa, hermosa, insana, en la lluvia. Nos acariciamos, nos abrazamos estrechamente, ahora era como el amor, yo estaba atónito; hicimos de todo en el salón, alegremente, sobre los sillones, en la cama, dormimos enlazados, satisfechos; yo le enseñaría más sexo que...

Nos despertamos tarde, Mardou no había ido, como debía, a visitar a su psicoanalista, había «perdido» el día, y cuando Adam volvió a casa y nos vio en el sillón otra vez, todavía conversando y la casa toda en desorden (tazas de café, restos de bollos que yo había comprado en la trágica Broadway, en la trágica italianidad que era tan semejante a la perdida indigenidad de Mardou, el trágico San Francisco de los Estados Unidos con sus cercas grises, sus aceras lúgubres, sus zaguanes de humedad, que yo, que provenía de una pequeña ciudad y más recientemente de la soleada costa este de Florida, encontraba tan aterradora). «Mardou, te has perdido la visita al psicoanalista; realmente, Leo, tendrías que sentirte avergonzado y un poco más responsable, después de todo...» «Quieres decir que la incito a no cumplir con su deber; así he hecho siempre con todas mis mujeres... bah, le hará bien no ir por una vez» (porque no sabía la falta que le hacía). Adam hablaba casi en broma pero también muy en serio. «Mardou, tienes que escribirle una nota, o llamar, ¿por qué no lo llamas ahora?» «Es una mujer, vive lejos, en City & County.» «Bueno, llámala ahora mismo, aquí tienes una moneda.» «Pero si puedo llamarla mañana, ahora es demasiado tarde.» «¿Cómo sabes que es demasiado tarde? No, realmente, hoy te has portado mal, y tú también, Leo, tú tienes toda la culpa, canalla.» Y luego una alegre cena, dos chicas que venían de visita (del gris y loco exterior) para comer con nosotros, una de ellas recién llegada de un viaje a través del país en su automóvil, venía de Nueva York con Buddy Pond; la muchacha era un tipo latinoamericano de grandes caderas y pelo corto, que inmediatamente se introdujo en la cocina roñosa y nos preparó a todos una cena deliciosa a base de sopa de judías negras (todo de latas) con algunas verduras, mientras la otra muchacha, la de Adam, tonteaba en el teléfono y Mardou y yo estábamos sentados en un rincón oscuro de la cocina, con aire culpable, bebiendo cerveza vieja y preguntándonos si después de todo Adam no tendría realmente razón sobre lo que convenía hacer, cómo podríamos ayudarnos a salir de la apatía, pero ya nos habíamos contado nuestras respectivas historias, nuestro amor se había solidificado, y ahora había algo triste en nuestra mirada, tanto en la suya como en la mía; la velada seguía su curso, con la alegre cena improvisada, éramos cinco, la muchacha del pelo corto dijo, después de un rato, que yo era tan hermoso que no podía mirarme (lo que después resultó ser una expresión suya y de Buddy Pond, traída de la Costa Este), «hermoso» era tan asombroso para mí, increíble, pero debe de haberle causado alguna impresión a Mardou, la cual de todos modos durante la cena se mostró celosa de las atenciones que la muchacha tenía conmigo y más tarde me lo dijo; mi posición era tan despreocupada, tan segura; y salimos todos a dar una vuelta en su coche convertible importado, a través de las calles de San Francisco que ya empezaban a clarear, no ya grises sino abriéndose unos rojos suaves y cálidos en el cielo entre las casas; Mardou y yo íbamos recostados en el asiento posterior descubierto, estudiándolos, comentando las sombras delicadas, tomados de la mano; y ellos delante, como esos grupos alegres internacionales y jóvenes que pasean por las calles de París, mientras la muchacha de pelo corto conducía solemnemente, y Adam señalaba; íbamos a visitar a un cierto individuo en Russian Hill que estaba preparando las maletas para el tren de Nueva York y el vapor que partía para París; en su casa bebimos unas cuantas cervezas, conversamos un poco, luego nos dirigimos a pie con Buddy Pond a casa de un amigo intelectual de Adam, un tal Aylward Nosequé famoso por sus diálogos en la *Current Review,* poseedor de una magnífica biblioteca, y luego, a la vuelta, a visitar (como le dije a Aylward) al más grande genio de los Estados Unidos, Charles Bernard; en su casa encontramos ginebra, y a un viejo homosexual canoso, y a otros, y diversas visitas por el estilo, terminando ya entrada la noche, cuando cometí el primer gran error de mi vida y de mi amor con Mardou, al negarme a volver a casa con todos los demás a las tres de la madrugada, insistiendo, aunque por invitación de Charles, en quedarnos hasta el amanecer estudiando sus fotografías pornográficas (homosexuales masculinos) y escuchando discos de Marlene Dietrich, con Aylward, mientras los demás se iban; Mardou estaba cansada y habíamos bebido demasiado, me miraba tímidamente, y no protestaba aunque veía cómo era yo en realidad, un borracho, que se acostaba siempre tarde, que bebía a costa de los demás, que gritaba: un necio; pero ahora me amaba, por eso no se quejaba y con sus piececitos oscuros desnudos en las sandalias se paseaba por la cocina detrás de mí, mientras mezclábamos las bebidas; de pronto a Bernard se le ocurre que Mardou le ha robado una fotografía pornográfica (mientras ella está en el cuarto de baño, me dice confidencialmente: «Querido, la vi cuando se la metía en el bolsillo, el de la cintura, quiero decir el del pecho»), de modo que cuando sale del cuarto de baño ella advierte en el aire algo de lo ocurrido, a los invertidos que la rodean, al extraño borracho que la acompaña, y no se queja; la primera de tantas indignidades que deberá soportar, no con capacidad de sufrimiento sino gratuitamente, por la fuerza de sus pequeñas dignidades femeninas. Ah, yo no hubiera debido hacerlo, estúpidamente; la larga lista de reuniones y borracheras y desastres, las veces que la dejé plantada; y la última vergüenza fue la vez que estábamos en un taxi juntos: ella insiste en que la lleve a su casa (a dormir), que puedo ir solo a encontrarme con Sam (en el bar), pero yo me bajo de un salto del taxi, como un loco («nunca vi nada más maniático»), me subo a otro taxi y me escapo, dejándola sola en la noche, de modo que cuando Yuri llama a su puerta la noche siguiente, yo no estoy, el otro está borracho e insiste, y se lanza al ataque como había estado proyectando últimamente, ella cede, ella cede; sí cedió, y estoy adelantando mi relato, nombrando antes de tiempo a mi enemigo, el dolor, ¿por qué habría de ser «el dulce ariete de su acto de amor», que en realidad nada tiene que ver conmigo ni en el tiempo ni en el espacio, como un estilete en mi garganta?

Al despertar, por lo tanto, de la serie de festejos, en Heavenly Lane, nuevamente me acomete la pesadilla de la cerveza (esta vez con un poco de ginebra, además) y del remordimiento; y nuevamente, aunque ahora sin ningún motivo casi, la repugnancia al ver las pequeñas partículas blancas y lanudas del relleno de la almohada enredadas en su cabello negro casi de alambre, sus mejillas regordetas y sus labios breves y gruesos, la penumbra y la humedad de Heavenly Lane: una vez más «tengo que volver a casa, poner en orden mi vida», como si a su lado nada hubiera estado nunca en orden, sino desordenado; como si nunca hubiera podido alejarme de mi quimérico cuarto de trabajo, de mi hogar de comodidades, en el gris forastero de la ciudad del mundo, en el Estado del *bienestar*. «Pero ¿por qué siempre quieres irte enseguida?» «Supongo que será la sensación de bienestar en mi casa lo que me falta para poner mi vida en orden, como...» «Yo lo sé, hijito, pero me... te extraño, hasta cierto punto siento celos de que tú tengas un hogar y una madre que te plancha la ropa cuando yo no tengo nada de eso...» «¿Cuándo quieres que vuelva, el viernes por la noche?» «Pero, hijito, eso depende de ti, puedes venir cuando quieras». «Pero debes decirme cuándo quieres tú.» «Pero ni se discute que no soy yo la que debe decirlo.» «¿Y qué significa no se discute?» «Es como cuando uno dice... sobre... ¡oh!, no sé» (suspirando, volviéndose para el otro lado de la cama, escondiéndose, hundiendo del otro lado su cuerpecito de uva; por lo tanto me acerco, la vuelvo de este lado, me dejo caer sobre la cama, le beso la línea recta que le nace en el esternón, con una depresión más abajo, una línea derecha, sin interrupciones hasta el ombligo, donde se vuelve infinitesimal y prosigue como trazada con un lápiz sobre la pelusa, para continuar luego, siempre recta, por debajo; y, ¿acaso el hombre necesita pedirle bienestar a la historia y al pensamiento cuando posee eso, la esencia?; y sin embargo...). El peso de mi necesidad de volver a casa, mis temores neuróticos, mis borracheras, mis horrores. «No hubiera debido, en realidad no hubiéramos debido ir a casa de Bernard anoche; por lo menos hubiéramos debido volvernos a casa a las tres, con los demás.» «Es lo que digo yo, hijito, pero demonios» (con la sonrisita del resoplido, con una leve imitación humorística de una persona que padece de dificultades de pronunciación) «no haces nunca lo que digo.» «Lo siento, lo siento tanto, te amo, ¿y tú me amas?» «Hombre», riendo, «¿qué quieres decir con eso?», y me mira con atención. «Quiero decir si sientes afecto hacia mí», mientras me envuelve el cuello, grueso y tenso, con su brazo moreno. «Naturalmente, querido.» «Pero ¿qué...?» Quisiera preguntárselo todo, pero no puedo, no sé cómo hacerlo, ¿qué es ese misterio de lo que quiero de ti, qué es el hombre o la mujer, el amor, qué quiero decir con amor; por qué debo insistir y preguntar, y por qué me voy y te dejo porque en tu pobre mísero cuartito...? «Es este lugar lo que me deprime; en casa puedo sentarme en el patio, bajo los árboles, dar de comer a mi gato.» «Oh, ya sé que aquí uno se ahoga, ¿quieres que abra la persiana?» «No, que te verán todos; tengo ganas de que se termine de una vez el verano, para que me den ese dinero que espero y nos vayamos a México.» «Bueno, hombre, hagamos como dijiste, vayámonos ahora con el dinero que tienes; dijiste que podríamos arreglarnos.» «¡Perfecto, perfecto!» La idea cobra cada vez más fuerza en mi imaginación, mientras bebo unos sorbos de cerveza vieja y pienso en un rancho de adobes, por ejemplo en las afueras de Texcoco, a cinco dólares por mes; vamos al mercado con el rocío del alba, ella con sus preciosos piececitos morenos en las sandalias, siguiéndome como una esposa, como Ruth; llegamos, compramos naranjas, y mucho pan, y también vino, vino de la región; volvemos a casa y preparamos la comida, pulcramente, en nuestra cocinita, y de sobremesa nos sentamos uno al lado del otro, anotando nuestros sueños, analizándolos; hacemos el amor en nuestra camita. Pero ahora Mardou y yo estamos sentados en la habitación, hablando de todo esto, soñando despiertos, una inmensa fantasía. «Bueno, viejo», sonriendo con sus dientecitos salientes, *«cuándo* nos decidimos? Toda nuestra relación ha sido una locura sin importancia, todas estas nubes indecisas, todos estos proyectos... ¡Dios!» «Quizá sea mejor esperar hasta que me manden el dinero del libro; sí, realmente será mejor, porque así podré comprarme una máquina de escribir y un cochecito de tres velocidades y discos de Gerry Mulligan y vestidos para ti y todo lo que nos haga falta; así como están las cosas no podemos hacer nada.» «Sí, no sé» (reflexionando) «oye, te diré que no me entusiasman esos pactos histéricos de pobreza» (afirmaciones de tan repentina profundidad, y tan propias de una hipster que me enojo y me voy a casa y medito sobre ellas durante días). «¿Cuándo volverás?» «Bueno, muy bien; entonces será para el jueves.» «Pero si realmente prefieres el viernes, no quisiera ser un obstáculo en tu trabajo, querido, tal vez preferirías quedarte más tiempo.» «Después de lo que me... ¡Oh, te adoro... te...!» Me desvisto y me quedo tres horas más; por fin me voy sintiéndome culpable, porque el bienestar, la sensación de hacer lo que debería hacer han sido sacrificados, pero aunque sacrificados por el sano amor, algo hay enfermo en mí, perdido; siento temores; y también me doy cuenta de no haber dado un céntimo a Mardou, ni un pedazo de pan, literalmente, solamente conversación, abrazos, besos; me voy y su subsidio de paro no ha llegado todavía, no tiene con qué comer. «¿Qué comerás?» «Oh, tengo algunas latas, o tal vez puedo ir a casa de Adam, pero no quisiera ir a su casa muy a menudo, tengo la impresión de que está resentido conmigo, debe de haber sido mi amistad contigo, me he puesto en medio de esa cierta cosa que existe entre vosotros dos, algo por el estilo...» «No, no es cierto.» «Pero hay otros motivos; no quiero salir, quisiera quedarme aquí adentro, no ver a nadie.» «¿Ni siquiera a mí?» «Ni siquiera a ti, es verdad, a veces, Dios santo, me siento así.» «¡Ah, Mardou! No sé qué decirte, no sé qué decisión tomar, tendríamos que hacer algo juntos, ya sé lo que podemos hacer, conseguiré un trabajo en el ferrocarril y viviremos juntos», y esta es la nueva gran idea.

(Y Charles Bernard, la inmensidad de ese nombre en la cosmogonía de mi cerebro, un héroe del pasado proustiano dentro del esquema tal como lo conocí en mi juventud, en el sector de San Francisco solamente, Charles Bernard que había sido el amante de Jane, Jane a quien Frank le había disparado el tiro, Jane con la cual yo había vivido, la mejor amiga de Marie, esas frías noches lluviosas de invierno cuando Charles atravesaba el patio del colegio diciendo algo ingenioso, esas grandes epopeyas casi presentes de fantasmagórica resonancia, y no muy interesantes aun suponiendo que fueran creíbles, pero la verdadera posición y la importancia de jefe no solamente de Charles sino de una buena decena de otros como él en el liviano casillero de mi mente, a cuyo lado Mardou no es más que un cuerpecito moreno sobre una cama de sábanas grises en un apartamentito de Telegraph Hill, una inmensa figura en la historia de la noche, sí, pero solamente una entre tantas, la asexualidad de la *obra;* y también la repentina dicha intestinal de la cerveza, cuando pasan por mi mente las visiones de grandiosas palabras todas reunidas en orden rítmico en un gigantesco libro arcangélico; así yazgo en la oscuridad viendo y también oyendo la jerga de las palabras futuras, *damjehe eleout ekeke dhdkdk dldoud, ...o, ekeoeu dhdhdkehgyt, mejor no una más que aíra oy el masmury de eses pjardínd ese quet raramente mdodulkipadip —baseeaatra—* pobres ejemplos a causa de las necesidades mecánicas de la escritura a máquina, del flujo de sonidos fluviales, palabras oscuras, que nos transportan al futuro y atestiguan la locura, la vaciedad, el tintineo y el rugir de mi mente donde, bendito o maldita, cantan los árboles... en un viento cósmico... el bienestar cree que irá al cielo... una palabra basta para el cuerdo... «Astuto se volvió Loco», escribió Allen Ginsberg.)

Motivo por el cual no volví a casa a las tres de la madrugada, y ejemplo.

II

Al principio yo dudaba, porque era negra, porque era desordenada (siempre lo dejaba todo para mañana, el cuarto sucio, las sábanas sin lavar, aunque santo Dios qué pueden importarme las sábanas); dudaba porque sabía que había estado seriamente loca y muy bien podía volver a enloquecer, y una de las primeras cosas que ocurrieron durante las primeras noches fue que ella se había ido al cuarto de baño y se paseaba desnuda por el vestíbulo solitario, pero como la puerta de entrada chirriaba de una manera extraña me pareció (en el ensueño de la marihuana) que de pronto había llegado alguien y estaba en el rellano de la escalera (como por ejemplo González el mexicano, una especie de vago o de parásito, un tipo anémico que tenía la costumbre de ir a su casa, con la excusa de una cierta vieja amistad que ella había tenido con algunos Pachucos de Tracy, a mendigarle moneditas, o dos cigarrillos, y esto todo el tiempo, generalmente cuando peor estaba ella, y a veces hasta se llevaba botellas para venderlas); pensando que debía de ser él, o alguno de los subterráneos, que le pregunta en el vestíbulo «¿Hay alguien contigo?», y ella absolutamente desnuda, sin importarle, como la vez del callejón, se queda tan tranquila y le dice: «No, hombre, será mejor que vuelvas mañana porque estoy ocupada, tengo visitas», así fue mi ensueño de la marihuana mientras estaba tendido en la cama, a causa del gemido o chirrido de la puerta, que hacía justamente el efecto de una voz gemebunda; de modo que cuando ella volvió del cuarto de baño se lo dije (honestamente razonable, de todos modos, y creyendo que en realidad había sido así, casi, y por otra parte siempre convencido de que seguía siendo activamente loca, como cuando trepó a la cerca en el callejón), pero cuando oyó mi confesión me dijo que casi le había dado el ataque nuevamente; se asustó de mí y casi se levantó y se escapó; por motivos como este, atisbos de locura, repetidas probabilidades de nuevos ataques de locura, yo tenía mis «dudas», mis dudas masculinas y reservadas acerca de ella; razonaba así: «Hoy o mañana, sencillamente, me iré de aquí y me conseguiré alguna otra, blanca, con los muslos blancos, etcétera, y todo esto habrá sido una gran pasión, aunque espero sin embargo no causarle sufrimientos.» ¡Ja!, sentía dudas porque preparaba la comida de cualquier modo y no lavaba nunca los platos enseguida, lo que al principio no me gustó nada, aunque luego tuve que reconocer que en realidad no cocinaba tan mal y que después de un tiempo lavaba los platos, y que a la edad de seis años (así me lo contó ella más tarde) se había visto obligada a lavar los platos de la tiránica familia de su tío, y para colmo la obligaban constantemente a salir al callejón en la oscuridad de la noche, con el cubo de la basura, todas las noches a la misma hora, y ella estaba convencida de que el mismo fantasma la acechaba siempre a esa hora; dudas, dudas, que ahora ya no tengo en la opulencia del placer del pasado. ¡Qué placer es ahora saber que la deseo para siempre contra mi pecho, mi premio, mi mujer, la que yo defendería de todos los Yuri y todos los cualesquiera con los puños y lo que fuera! Y ha llegado para *ella* el momento de declarar su independencia, anunciando, apenas ayer, antes de que yo empezara a escribir este libro de lágrimas, «Quiero ser una mujer independiente, con dinero, y hacer lo que se me ocurra». «Sí, y también conocer y joder a todo el mundo, Pies Inquietos», pienso, pies inquietos como soplaba un viento frío, había una cantidad de hombres, y en vez de quedarse a mi lado se alejó con su pequeño impermeable rojo que daba risa y sus pantalones negros, y se metió en la entrada de una zapatería (*Haz siempre lo que deseas hacer, nada me agrada más que un tipo que hace siempre lo que quiere,* decía siempre Leroy); y yo la sigo de mala gana pensando: «No se puede negar que es un caso de pies inquietos, al diablo con ella, me conseguiré otra menos inquieta» (con mucho menos énfasis al final, como el lector podrá deducir del tono); pero resulta que ella sabía que yo no tenía más que la camisa, pues encima había salido sin camiseta, de modo que quería refugiarse donde no soplara el viento, así me lo dijo después; aunque el hecho de comprender que no era cierto que hablara desnuda con un hombre en el vestíbulo, y que tampoco era una prueba de inquietud alejarse unos pasos para conducirme a un lugar menos frío mientras esperaba el autobús, seguía sin causar la menor impresión en mi mente ansiosa e impresionable, siempre dispuesta a crear, a construir, a destruir y a morir; como lo demostrará la gran construcción de celos que más tarde, partiendo solamente de un sueño, y por motivos de autolaceración, fui capaz de recrear... Toleradme, vosotros todos, lectores amantes que habéis sufrido, toleradme vosotros, hombres que comprendéis que el mar de negrura en los ojos oscuros de una mujer es el mismo mar solitario, ¿y acaso iríais al mar a exigirle explicaciones, o a preguntarle a una mujer por qué cruza las manos en el regazo sobre una rosa? No...

Dudas, por lo tanto, de..., bueno, la raza de Mardou naturalmente; no solo mi madre sino también mi hermana, con la cual tal vez tendré que vivir algún día, y su marido es del Sur, y también todos los que tienen algo que ver conmigo se sentirían bárbaramente mortificados y no querrían saber nada de nosotros; muy posiblemente tendríamos que renunciar completamente a la perspectiva de vivir en el Sur, por ejemplo en esa casona colonial faulkneriana con el pórtico de columnas bajo el claro de luna del Viejo Abuelo, que tantas veces he soñado, y allí me veo junto al doctor Whitley abriendo la tapa corrediza de mi escritorio antiguo, mientras bebemos en honor de los grandes libros, fuera se ven las telarañas en los pinos y las viejas mulas que trotan por las blandas carreteras, y, ¿qué dirían si mi esposa, la señora de mi mansión, fuera una cherokee negra? Sería como cortar mi vida en dos, y renunciar a tantos tremendos ensueños americanos de esos que podríamos llamar blancos, pensamientos de pura ambición blanca. Y un alud de dudas también sobre su cuerpo, además, y aunque parezca gracioso, realmente tranquilo ahora ante su amor tan sorprendente que apenas podía creer en él; una cosa que había visto a la luz, una noche de juegos de modo que... Cuando pasábamos por Fillmore ella insistió en que nos confesáramos todo lo que nos habíamos ocultado durante esa primera semana de nuestra relación, para que así pudiéramos ver mejor y comprender; entonces yo le ofrecí mi primera confesión, titubeando, «me pareció haber visto una especie de cosa negra que no había visto nunca antes, algo que colgaba, y un poco me asustó» (riendo); para ella esto debió de ser como una puñalada en el corazón, me pareció sentir una especie de sobresalto en su persona; siguió caminando a mi lado mientras yo le comunicaba este secreto pensamiento, pero luego, una vez en casa, con la luz encendida, como dos criaturas, examinamos juntos la cosa y la estudiamos de cerca, y no era nada pernicioso, ni jugos horribles, sino sencillamente azul oscuro como lo es en todas las mujeres de cualquier especie, lo que me tranquilizó realmente y de veras por el hecho de haber visto con mis propios ojos y haber estudiado la cuestión con ella; aunque esta había sido una duda que, una vez confesada, le hizo sentir más afecto por mí, porque comprendió que en el fondo yo no le escondería nunca nada, como una víbora, ni siquiera lo peor, ni siquiera... Pero es inútil defenderme, ya me resulta absolutamente imposible empezar apenas a comprender quién soy o qué soy; mi amor por Mardou me ha alejado completamente de cualquier fantasía previa, valiosa o de otro tipo. En realidad, lo que impedía que estas dudas explosivas predominaran en mi relación con ella era el hecho de haber comprendido que era muy sensual y dulce y buena conmigo, y que yo me lucía inmensamente, después de todo, al lado de ella en North Beach (y en cierto sentido, también, provocaba el despecho de los subterráneos, que poco a poco se estaban mostrando cada vez más fríos conmigo, ya fuera en el bar de Dante o en la calle, por el motivo natural de que yo les había quitado la muñeca preferida, una de la muñecas más brillantes de su círculo, si no la más brillante de todas) y Adam por otra parte decía: «Vosotros hacéis juego, os hará bien estar juntos», puesto que en esa época era, y todavía lo es, mi empresario artístico y paternal; no solo esto, sino también, y me cuesta confesarlo, para demostrar hasta qué punto es abstracta la vida en la ciudad de la Clase Conversadora a la cual todos nosotros pertenecemos, la Clase Conversadora que trata de racionalizarse a sí misma, movida supongo por un materialismo sensual realmente vil y casi lascivo: una de las causas que impedían, como ya he dicho, la expresión de mis dudas era la lectura, el repentino, iluminado, alegre, maravilloso descubrimiento de Wilhelm Reich y de su libro *La función del orgasmo,* de una claridad que yo no había visto desde hacía mucho tiempo, tal vez desde la claridad del dolor personal moderno de Céline; o, digamos, la claridad del pensamiento de Carmody en 1945, cuando por primera vez me senté a sus pies; la claridad de la poesía de Wolfe (a los diecinueve años era claridad para mí) aunque aquí la claridad era científica, germánica, hermosa, verdadera, algo que yo siempre había conocido y estrechamente vinculado, en realidad, con mi repentina idea de 1948 de que la única cosa que realmente importaba era el amor, los amantes que van y vienen bajo las ramas del bosque de Arden del mundo, aquí aumentados y al mismo tiempo microcosmizados y señalados y masculinizados: el orgasmo, los reflejos del orgasmo, no es posible conservar la salud sin orgasmo y sin amor sexual normal; no pienso detallar la teoría de Reich ya que todos pueden leerla en su libro, pero al mismo tiempo Mardou insistía en decirme: «Oh, no me vengas con ese Reich cuando estamos en la cama, ya he leído ese maldito libro, no quiero ver nuestra relación disecada y rebajada por culpa de ese hombre» (yo ya había advertido que todos los subterráneos, y prácticamente todos los intelectuales que he conocido, en realidad, siempre han desdeñado a Reich de la manera más extraña, si no al principio, al cabo de un tiempo); además de lo cual, Mardou no llegaba al orgasmo mediante la copulación normal, solo lo lograba un rato después, gracias a la estimulación por mí aplicada (una vieja estratagema aprendida de una mujer frígida con quien previamente había tenido una aventura), de modo que no era una proeza tan grande la mía esta de hacerla terminar, pero como ella misma me dijo finalmente, apenas ayer: «Lo haces solamente para darme el placer de terminar, eres tan amable conmigo», declaración que de pronto resultaba bastante difícil de creer tanto para ella como para mí, y que venía inmediatamente después de su «Me parece que deberíamos separarnos, nunca hacemos nada juntos, yo quiero ser indepen...». Y por esto tenía mis dudas acerca de Mardou, siempre suponiendo que yo, el gran Soñador, decidiera hacer de ella mi eterna y amante esposa aquí, allí o en cualquier otra parte, y a pesar de todas las objeciones de mi familia, especialmente la influencia real, aunque dulce, pero a pesar de todo realmente tiránica (a causa de mi idea subjetiva de ella y de su influencia) de mi madre sobre mí, su imperio o lo que fuera. «Leo, no me parece que te convenga vivir siempre con tu madre», me había dicho Mardou, una afirmación que en la ilusión primera de mi seguridad solo me había hecho pensar: «Bueno, naturalmente, lo que le pasa es que está celosa, ya que no tiene ni padre ni madre, y de todos modos es una de esas personas modernas que han sido psicoanalizadas y por lo tanto odian a todas las madres», mientras decía en alta voz: «Realmente la quiero mucho, realmente, y te quiero también a ti, y no ves cuánto me esfuerzo por aprovechar el tiempo, por dividir mi tiempo entre vosotras dos; allá me espera mi tarea literaria, mi bienestar; y cuando ella vuelve a casa del trabajo, por la noche, cansada, cuando vuelve del negocio, te aseguro que me siento feliz de prepararle la cena, de tenerle la cena y un martini preparados cuando ella llega, de modo que para las ocho ya está todo limpio y en orden, así tiene más tiempo para mirar la televisión, que para poder comprársela tuve que trabajar seis meses en el ferrocarril, ¿comprendes?» «Bueno, no se puede negar que has hecho muchas cosas por tu madre», y Adam Moorad (mi madre lo consideraba un loco y una mala influencia) también me había dicho una vez: «Realmente, ya has hecho bastante por ella, Leo, podrías olvidarte un poco de ella de vez en cuando, tú tienes que vivir tu propia vida», que era exactamente lo que mi madre me decía siempre en la oscuridad de la noche del Sur de San Francisco, mientras reposábamos de las fatigas del día fumando con Tom Collins bajo la luna y los vecinos venían a conversar con nosotros: «Tienes que vivir tu propia vida, no me quiero entrometer en tus cosas. Tú, Leo, haz lo que tienes que hacer, a ti *Te* toca decidir, por supuesto que, decidas lo que decidas, yo estaré de acuerdo.» Y yo sentado a su lado, abstraído, comprendiendo que todo depende de mí, una enorme fantasía subjetiva, en el sentido de que mi madre realmente me necesita y se moriría si yo no estuviera junto a ella, y sin embargo con la mente repleta de otras cavilaciones, que me permiten escapar dos o tres veces al año para efectuar viajes gigantescos a México o a Nueva York o al canal de Panamá en barco... Un millón de dudas sobre Mardou, ahora finalmente disipadas, ahora (y aun sin la ayuda de Reich que nos demuestra que la vida consiste sencillamente en el hombre que penetra en la mujer y en el frote suave de los dos: esa esencia, esa esencia repiqueteante, algo que en estos momentos me enloquece casi hasta el punto de gritar: *Yo poseo mi propia esencia particular inmejorable, y esa esencia es el reconocimiento mental...); no, ya no dudo más. Hasta llegué, mil veces, a preguntarle más tarde, desmemoriado, si ella no había realmente robado la fotografía pornográfica en casa de Bernard, hasta que por fin la última vez me espetó, «Pero si ya te lo he dicho y repetido, ocho veces por lo menos, que no robé ninguna fotografía; y creo haberte repetido mil veces que ni siquiera tenía un solo bolsillo en el vestido que llevaba esa noche, absolutamente ningún bolsillo»; y sin embargo no conseguía convencerme (en mi loco cerebro febril) de que esta vez era Bernard el que estaba realmente loco, Bernard, que se había vuelto viejo y por lo tanto se le había desarrollado algún triste complejo personal, que le incitaba a acusar de hurto a los demás, solemnemente, «Leo, ¿no comprendes?, y sin embargo insistes en preguntarme»; y esta era la última, profunda y definitiva duda que me faltaba acerca de Mardou, suponer que era realmente una especie de ladrona y que por lo tanto estaba decidida a robarme el corazón, mi corazón de hombre blanco, una negra subrepticiamente decidida a espiar el mundo, a espiar subrepticiamente al santo hombre blanco para sus ritos de sacrificio, más tarde, cuando le asen y le torturen (recordando el cuento de Tennessee Williams sobre el camarero negro del baño turco y el hombrecito blanco invertido), porque, no solamente Ross Wallenstein me había dicho en la cara que yo era un invertido, «Tío, ¿qué diablos eres, un invertido? Hablas exactamente como un invertido», me había dicho eso porque yo le había dicho con voz que suponía culta y refinada: «¿Tienes un nudo en la garganta, esta noche? Tendrás que probar tres seguidos, te dejarán realmente del otro lado, y encima podrías beber un poco de cerveza; pero no cuatro, sino exactamente tres», lo que le había insultado completamente porque Ross es el hipster más veterano de toda la costa, y que alguien tenga el coraje, especialmente un pretencioso, recién llegado, de llevarse a Mardou consigo y arrancársela al grupo, un individuo para colmo con aspecto de facineroso y con una cierta reputación de gran escritor, que a él no le parecía justificada, basada en un único libro publicado... Toda esa confusión, Mardou que se convertía en el camarero negro del baño turco, inmenso y tremendamente viril, y yo en el hombrecito que resulta desintegrado por su aventura amorosa y transportado a la bahía en una bolsa de arpillera, para ser allí distribuido pedazo por pedazo y hueso por hueso roto a los peces (si todavía quedan peces en esas tristes aguas), así me robaría ella el alma y se la comería; aunque me dijo mil veces, «Yo no robé esa fotografía y estoy segura de que no fue ese Aylward, no sé tampoco como se *llama*, y tampoco se la robaste tú, no es más que una idea de Bernard, será alguna especie de fetichismo suyo». Pero no conseguía nunca impresionarme, ni me convencía, hasta la última noche, que fue hace apenas dos noches; esa duda profundísima acerca de su personalidad, también vinculada a lo sucedido (y esto me lo contó ella) cuando vivía en el cuarto de Jack Steen, en una casa destartalada de la Comercial Street, cerca de la sala de reuniones del sindicato de marineros, y un día que estaba rara se había quedado una hora sentada delante del baúl de Jack pensando si debía abrirlo para ver qué había en el interior, hasta que Jack volvió a casa, y empezó a hurgar dentro del baúl, y de pronto pensó y vio que algo faltaba y dijo, siniestro, rabioso: «¿Has estado hurgando en mi baúl?», y ella casi se levantó de un salto y le gritó *Sí* porque era *cierto;* «Hombre, era cierto, porque mentalmente había estado hurgando en el baúl durante todo el día, y de pronto me miraba con esos ojos... casi me dio otro ataque»; una historia que tampoco pudo imprimirse bien en mi rígido cerebro perseguido por la paranoia, de manera que por lo menos durante dos meses viví casi convencido de que me había dicho: «Sí, hurgué dentro del baúl pero naturalmente no le saqué nada», creyendo que en realidad le había mentido a Jack Steen; pero ahora, considerando con claridad los hechos, comprendo que ella solo había pensado hacer lo que decía; y así sucesivamente; mis dudas, todas ellas asistidas por mi violenta paranoia, lo que en realidad constituye mi confesión..., mis dudas, por lo tanto, han quedado disipadas.

Porque ahora deseo a Mardou; el otro día me dijo que hace seis meses la enfermedad echó profundas raíces en su alma, y ahora para siempre..., ¿y acaso esto no la hace más hermosa? Pero la deseo, porque la veo de pie, con sus pantalones de terciopelo negro, las manos en los bolsillos, delgada, caída de hombros, con el cigarrillo que le cuelga de los labios, y el humo también que se enrosca, el pelo corto, negro, de su nuca descubierta, peinado lacio y suave, el color que se da a los labios, su piel morena clara, sus ojos oscuros, el juego de las sombras sobre sus pómulos salientes, la nariz, el breve y blando pasaje de la barbilla al cuello, la pequeña nuez de Adán, tan hipster, tan *cool,* tan hermosa, tan moderna, tan nueva, tan inalcanzable para este triste individuo de pantalones abolsados en su cabaña de en medio del bosque. La deseo, por la manera como supo imitar a Jack Steen esa vez en la calle, dejándome atónito, aunque Adam Moorad contemplaba su imitación con aire solemne, como absorto tal vez en la cosa, o sencillamente escéptico; pero ella se desvinculó de los dos hombres con los cuales venía, y se adelantó unos pasos, mostrándoles el andar de Jack (entre la gente), el suave balanceo de los brazos, los largos pasos largos y atrevidos, la manera de detenerse en la esquina titubeando y levantando suavemente la cara hacia los pájaros, con ese aire como dije de filósofo vienés; pero verla hacer todo esto, una imitación perfecta en todos sus detalles (como en verdad lo había visto al atravesar el parque), el hecho de que... la amo, pero este canto se ha... quebrado; pero ahora en francés, en francés puedo cantarla y cantarla...

Nuestros pequeños placeres en casa, de noche Mardou come una naranja, hace un ruido bárbaro chupándola...

Cuando río me mira con ojitos redondos y negros que se esconden entre sus pestañas, porque ella se ríe con fuerza (contrayendo toda la cara, mostrando los dientecitos, con reflejos de luz en todas partes). (La primera vez que la vi, en casa de Larry O'Hara, en el rincón, recuerdo, yo había acercado mi cara a la suya para hablarle de libros, y ella había vuelto la cara hacia mí, era un océano de cosas que se fundían y ahogaban, yo hubiera podido nadar en él, sentí miedo de toda esa riqueza y desvié los ojos...)

Con la bandana rosada que ella siempre se pone en la cabeza para los placeres del lecho, como una gitana; rosada, aunque después ha sido una bandana roja; y el cabello corto que asoma negro de la púrpura fosforescente de su frente marrón como la madera...

Sus ojitos que se mueven como gatos...

Oímos discos de Gerry Mulligan, fortísimo, de noche, ella escucha y se come las uñas, moviendo la cabeza lentamente, de un lado a otro, como en profunda plegaria... Cuando fuma eleva el cigarrillo hasta los labios y sus ojos se entrecierran.

Lee hasta el alba gris, con la cabeza apoyada sobre un brazo, *Don Quijote,* Proust, cualquier cosa...

Estamos acostados, mirándonos mutuamente, seriamente, sin decir nada, con las cabezas juntas sobre la almohada...

A veces cuando me habla y mi cabeza se encuentra debajo de la suya sobre la almohada, y veo su mandíbula, el hoyuelo, veo en su cuello a la mujer, la veo profunda, y comprendo que es una de las mujeres *más mujer* que he visto en mi vida, una negra de eternidad, incomprensiblemente hermosa y para siempre triste, profunda, calmada.

Cuando la aferro en casa, pequeña, y la aprieto, chilla, me hace unas cosquillas furiosas, yo me río, y ella ríe, sus ojos brillan, me golpea con los puños, quiere vencerme con una llave de luchador, dice que le gusto...

Estoy con ella escondido en la casa secreta de la noche...

La aurora nos encuentra místicos en nuestras mortajas, corazón junto a corazón...

«¡Mi hermana!», hubiera pensado repentinamente la primera vez que la vi...

La luz se ha apagado.

Sueño despierto a su lado, saludando, en enormes cócteles exóticos donde de algún modo se divisan resplandecientes Parises en el horizonte y también en primer plano; ella cruza los largos tablones del suelo de mi cuarto con una sonrisa.

Siempre poniéndola a prueba, por culpa de las «dudas» –dudas, realmente–; me gustaría poder acusarme de ser un canalla, aportar infames pruebas... para abreviar, puedo citar dos: la noche en que Arial Lavalina, el famoso joven escritor se presentó de pronto en el Mask y yo estaba con Carmody, que ahora también es, a su manera, un escritor famoso que acababa de llegar de África del Norte, y a la vuelta de la esquina estaba Mardou, en el bar de Dante, yendo y viniendo como era nuestra costumbre de bar en bar; a veces ella se llegaba sola hasta el bar de Dante para ver a Julien y a los demás; de pronto vi a Lavalina, le llamé por su nombre y se acercó. Cuando Mardou vino a buscarme para volver a casa yo no quise irme, insistí todo el tiempo en que se trataba de un importante acontecimiento literario el encuentro de esos dos (ya que Carmody había conspirado conmigo un año antes, en el oscuro México cuando vivíamos allí pobres al estilo beat y él es un yonqui, «¿Por qué no le escribes a Ralph Lowry para que nos diga cómo puedo hacer para conocer a este Arial

Lavalina tan atractivo, hombre, mira ese retrato suyo en la contraportada de *Reconocimiento de Roma,* ¿no te parece formidable?», aunque mi participación en el asunto era solo personal, y por otra parte, como Bernard, también él es marica, pero en cierto modo estaba relacionado con esa leyenda de mi gran cerebro que es mi *obra,* esa obra que todo lo consume, de modo que escribí la carta y todo lo demás), pero ahora de pronto (después de no haber recibido naturalmente ninguna respuesta de la dirección de Ischia y demás viñedos italianos, y por cierto que no me importaba absolutamente nada si respondía o no, por lo menos a mí) lo veo aparecer allí; le reconocí porque una noche lo había encontrado, cuando estaba en Nueva York, en el ballet del Metropolitan, con mi esmoquin, acompañado por mi editor también de esmoquin, ya que había ido para ver un poco el mundo nocturno neoyorquino deslumbrante de ingenio y literatura, y también Leon Danillian, de modo que le grité: «Arial Lavalina, ven aquí», y vino. Y cuando llegó Mardou le susurré con alegría: «Este es Arial Lavalina, ¿no te parece fantástico?» «Sí, hombre, pero quiero volver a casa.» Y como en esos tiempos su amor no significaba para mí gran cosa, apenas el hecho de ser seguido a todas partes por un perro bonito y conveniente (algo así como en mis verdaderas visiones secretas mexicanas me la imaginaba a ella siguiéndome por las oscuras calles entre ranchos de adobe en los suburbios pobres de la ciudad de México, no caminando a mi lado, sino siguiéndome, como una india), no le hice caso y le dije: «Pero... oye, tú te vas a casa y me esperas, quiero estudiar un poco a Arial y luego voy.» «Pero, querido, lo mismo me dijiste la otra noche y al final tardaste dos horas y no te imaginas cómo sufrí esperándote.» (¡Sufrimiento!) «Ya sé, pero escúchame», y la llevé a dar una vuelta a la manzana para convencerla, y, borracho como de costumbre, en cierto momento, para demostrarle algo que quería demostrarle, me puse con la cabeza en el suelo y los pies en el aire, y unos individuos de dudoso aspecto que pasaban me vieron y dijeron: «Así debería estar siempre», y finalmente (ella se reía) la deposité en un taxi, para que se volviese a casa y me esperara; y regresé al bar en busca de Lavalina y de Carmody, pensando alegremente (y ahora solo), otra vez en mi visión nocturna adolescente y grandilocuente del mundo, con la nariz apretada contra el cristal de la ventana: «Quién lo hubiera dicho, allí están Carmody y Lavalina, el gran Arial Lavalina, que aunque no es un grandísimo escritor como yo, es sin embargo tan famoso y tan llamativo etcétera, juntos en el Mask y yo he preparado este encuentro, y todo hace juego perfectamente, el mito de la noche lluviosa, el joven Loco, la calle Salvaje, remontando a 1949 y 1950, tantas cosas grandiosas y magníficas, el Mask impregnado de historia» (así pensaba yo cuando entré); me siento con ellos y sigo bebiendo, para terminar los tres en Pater 13, un lugar donde se reúnen las lesbianas, cerca de Columbus Avenue. Carmody, que ya estaba en un estado especial, nos deja solos y entramos para divertirnos un rato y seguir bebiendo cerveza, y el horror, el horror para mí inenarrable de descubrir de pronto, en mí, una especie de humildad alcohólica, al estilo tal vez de William Blake o de Juana la Loca o en verdad de Christopher Smart, aferrando la mano de Arial y besándosela y exclamando: «Oh, Arial, querido mío llegarás a ser..., eres tan famoso, escribías tan bien, te recuerdo, cuando...» y otras cosas por el estilo que ahora no podría recordar, y la borrachera; allí estoy a su lado cuando todo el mundo sabe que es un homosexual de primera, perfectamente evidente, y mi cerebro que ruge..., me lleva consigo a la suite que ha tomado en algún hotel, y por la mañana me despierto en el diván, sobresaltado por el primer horrible atisbo de comprensión, «Después de todo no fui a casa de Mardou», de modo que cuando entramos en el taxi él me da..., le pido medio dólar pero él me da uno entero diciéndome «Me debes un dólar», y yo me precipito a la calle y me alejo a pasos rápidos bajo el sol ardiente, con la cara toda deshecha de haber bebido y por la aflicción de Mardou, hasta llegar a su casa de Heavenly Lane justamente en el momento en que está vistiéndose para ir a visitar al psicoanalista. ¡Ah, triste Mardou!, con sus ojitos oscuros y su mirada dolorosa, me había esperado toda la noche en una cama oscura y el borracho llega tambaleante; para decir verdad me precipité nuevamente a la calle, enseguida, para comprar dos latitas de cerveza y tratar de arreglar lo que había hecho («Para domar los temibles sabuesos de cabello», habría dicho el viejo Bull Balloon); el hecho es que mientras ella se lavaba para salir yo chillaba y hacía pruebas gimnásticas; y finalmente me eché a dormir, esperando su regreso, aunque no volvió hasta la tarde, y en el ínterin me despertaba para oír los gritos de los niños en los callejones laterales, qué horror, qué horror; de pronto decidí: «Le escribiré inmediatamente a Lavalina», con un dólar adjunto en la carta y mis disculpas por haberme embriagado tanto y por haberme comportado de ese modo, permitiendo que se engañara sobre mis verdaderas intenciones; y Mardou regresa, sin una sola queja, por lo menos hasta varios días después, y los días que pasan y se siguen y a pesar de todo ella me perdona lo bastante, o es lo bastante humilde, en la estela de mi estrella que se precipita, para escribirme, algunas noches después, esta carta:

> *Querido mío:*
> *No te parece maravilloso saber que se acerca el invierno...*

ya que nos habíamos quejado tanto y tanto del calor, y ahora los grandes calores habían terminado, el aire se había vuelto fresco, ya se podía sentir su frescura en la corriente de aire gris de Heavenly Lane y en el aspecto del cielo y de las noches con esa intensificación del brillo ondulante de la luz de las farolas callejeras...

> *... y que la vida será un poco menos agitada, y tú estarás en tu casa escribiendo y comiendo bien y pasaremos noches tan agradables el uno envuelto con el otro; y ahora estás en tu casa, descansando y comiendo bien porque no debes entristecerte demasiado...*

escrita porque una noche, mientras estaba en el Mask con ella y con su Yuri recién llegado y futuro enemigo, pero en otros tiempos hermanita del alma, dije de pronto: «Me siento intolerablemente triste, como si estuviera a punto de morir, ¿qué podemos hacer?», y Yuri sugirió: «Llama a Sam», que es lo que hice, en mi tristeza, y con mucha insistencia porque, si no, no me hubiera hecho caso, ya que es periodista y padre reciente, y no tiene tiempo que perder; pero tanto insistí que él aceptó que los tres fuéramos enseguida, del Mask donde estábamos, a su apartamento en Russian Hill, y fuimos, y bebimos como nunca, y Sam como siempre dándome puñetazos amistosos y diciéndome «Lo que te sucede, Percepied», y «Tienes alguna bolsa podrida en el fondo del depósito», y «Vosotros los canadienses sois en realidad todos iguales, aunque no creo que lo reconozcas ni siquiera en el momento de morir». Mardou nos miraba divertida, bebiendo un poco, y Sam al final, como siempre, cayéndose de borracho, pero no tan borracho en realidad, más bien deseando estarlo, desplomándose sobre una mesita llena de cosas y objetos y ceniceros unos encima de otros, y botellas y bibelots, crash, mientras su mujer, con un bebé de pecho todavía, suspiraba. Y Yuri no bebía, se limitaba a mirarnos con los ojitos entrecerrados, habiéndome dicho el primer día después de su llegada: «Te diré, Percepied, ahora realmente me gustas, realmente ahora siento deseos de comunicarme contigo», lo que tendría que haberme infundido sospechas, en él, como prueba de una nueva especie de siniestro interés en la inocencia de mis invitados, cuyo nombre era sin duda Mardou...

... porque no debes entristecerte demasiado...

era el único y bondadoso comentario de Mardou, tan tierna de corazón, sobre esa terrible y desastrosa noche; algo similar al ejemplo número dos, el que siguió a la noche con Lavalina, la noche del hermoso muchacho faunesco que se había acostado con Micky dos años antes en una gran reunión alocada y depravada que yo mismo había organizado en los días que vivía con Micky, la gran muñeca de la rugiente noche legendaria, cuando lo vi en el Mask, y como estaba con Frank Carmody y todos los demás, empecé a tironearle la camisa, insistiendo en que nos siguiera a los otros bares, que nos siguiera en nuestras andanzas, hasta que Mardou finalmente se puso a gritar en medio del estruendo de la noche borrosa: «Tienes que elegir entre él y yo, qué diablos», pero no lo decía realmente en serio (ya que ella no era de costumbre muy bebedora, por el hecho mismo de ser una subterránea, pero en el curso de su relación con Percepied se había vuelto una gran esponja), y se fue, murmurando «Hemos terminado», pero no la creí, en ningún momento; en efecto, así era, regresó más tarde, volví a verla, estuvimos juntos, una vez más yo me había portado como un chico malcriado, y una vez más, ridículamente, como un pederasta; y esto me desolaba nuevamente al despertarme en la Heavenly Lane gris, entre los vapores de la cerveza, por la mañana. En realidad esta es la confesión de un hombre que no tolera la bebida. Y por eso en su carta decía:

... porque no debes entristecerte demasiado... y yo me siento mejor cuando sé que estás bien...

perdonando, olvidando toda esta triste locura cuando lo único que quiere hacer es, como me dijo: «No quiero andar por ahí bebiendo y emborrachándome con todos tus amigos y seguir yendo al bar de Dante y volver a ver siempre a todos esos Julien y los demás, quisiera que nos quedáramos tranquilos en casa, escuchando la radio y leyendo o lo que sea, o ir a un cine, querido, me gusta mucho el cine, las películas que dan en Market Street, realmente es así.» «Pero yo odio el cine, la vida es más interesante» (mi actitud de siempre). Y su tierna carta proseguía:

Me siento llena de extrañas sensaciones, reviviendo y remodelando tantas cosas viejas...

Cuando tenía catorce o trece años tal vez dejaba de ir a clase en el colegio, en Oakland, y tomaba el ferry para llegarse a Market Street y pasarse el día entero en un cine, paseándose luego por las calles, perseguida por imaginaciones alucinadas, mirando a todos a los ojos; una negrita que vagaba por la avenida tumultuosa entre borrachos, gente de mal vivir, judíos, vigilantes, recogepapeles, la loca confusión de esas calles, la multitud; mirando, observándolo todo, la gente demente de sexualidad, y todo eso bajo la lluvia gris de los días en que no iba a clase, pobre Mardou: «Solía tener alucinaciones sexuales de las más raras, no de actos sexuales con la gente, sino situaciones extrañas, me pasaba el día tratando de comprenderlas, mientras vagabundeaba, y mis orgasmos, los pocos que he conocido, ya que nunca me masturbaba ni sabía cómo hacerlo, me venían solamente cuando soñaba que mi padre o alguien me abandonaba, huía de mí, y me despertaba de pronto con una curiosa convulsión, toda mojada entre los muslos, y lo mismo me ocurría en Market Street, solo que era diferente; eran sueños de ansiedad, tejidos sobre el cañamazo de las películas que veía.» Y yo pensaba: «¡Oh, pistolero de la pantalla gris, cóctel, día de lluvia, arma rugiente, inmortalidad espectral, película apta para menores, loca América negra en la niebla, qué mundo más loco!» Y en voz alta: «Tesoro, me hubiera gustado tanto verte paseando así por Market Street, apuesto a que te *vi,* estoy seguro, tú tenías trece años y yo veintidós, en 1944, sí, estoy seguro de haberte visto, yo era marinero, estaba siempre en esos lugares, conocía a todos los grupos que frecuentaban los bares...» Y en su carta me decía:

... reviviendo y remodelando tantas cosas viejas...

probablemente reviviendo aquellos días y sus fantasías, y también otros horrores, anteriores y más crueles, de su casa en Oakland, donde su tía la castigaba histéricamente, o por lo menos trataba histéricamente de castigarla, y sus hermanas (aunque con ternuras ocasionales de hermanita, como besarse devotamente antes de acostarse, o escribir algo sobre la espalda de la otra) la trataban mal, y ella vagaba por las calles hasta muy tarde, profundamente sumida en meditaciones reflexivas, mientras los hombres trataban de hacer algo con ella, esos hombres oscuros de los oscuros zaguanes del barrio negro; y así proseguía:

... y sintiendo el frío y la quietud, aun en medio de mis premoniciones y mis temores, que las noches claras calman y vuelven más nítidos y reales, más tangibles y fáciles de combatir...

y todo esto dicho además con un ritmo muy agradable, ya que recuerdo haber admirado su inteligencia aun cuando..., pero al mismo tiempo protestando en casa, frente a mi escritorio de bienestar, pensando: «Pero "combatir", ese viejo psicoanalítico "combatir", habla como todos ellos, los decadentes de la ciudad, intelectuales, en el callejón sin salida del análisis de las causas y los efectos y la solución de sus supuestos problemas, en vez de la gran *dicha* de ser, la dicha de la voluntad y de la temeridad; la ruptura es lo que los exalta, ese es su problema, es exactamente igual que Adam, Julien, que todos ellos, tiene miedo de la locura, el temor a la locura la persigue, pero *No a Mí, No a Mí,* santo Dios»;

Pero ¿por qué te escribo estas cosas? Aunque todos mis sentimientos son reales y tú probablemente disciernes o sientes también lo que digo y por qué siento la necesidad de decirlo...

un sentimiento de misterio y encanto; pero, como le dije tantas veces, no bastante detallado, los detalles son lo que le da vida, insisto, debes decir todo lo que te pasa por la imaginación, no te contengas, no analices ni nada por el estilo a medida que lo dices, dilo todo. «Es justamente» (digo ahora mientras leo la carta) «un ejemplo típico... pero no importa, no es más que una chiquilla en realidad...»

La imagen que me he formado de ti ahora es extraña...

80

(Veo el retoño de esa afirmación, se balancea en el árbol.)

Siento una distancia que me separa de ti, que tú también deberías sentir y que me ofrece una imagen tuya cálida y amistosa...

y luego inserta, con letra más pequeña,

(y amante)

probablemente para evitar que yo me sienta deprimido al ver en una carta de amor solamente la palabra «amistosa»; paro toda esa frase complicada, más complicada todavía por el hecho de venir presentada en su forma escrita original bajo las tachaduras y los agregados de una corrección, que no es tan interesante para mí, naturalmente; y la corrección es

Siento una distancia que me separa de ti que tú también deberías sentir con imágenes tuyas cálidas y amistosas (y amantes) y a causa de las ansiedades que experimentamos, pero de las cuales no hablamos, nunca en realidad, y que son también similares...

una comunicación escrita que de pronto, por alguna misteriosa majestad de su pluma, hace que sienta piedad de mí mismo, al verme perdido como ella en el mar sufriente e ignorante de la vida humana, y sintiéndome distante de ella, que es la que debería estar más cerca y sin saber (no, no podré saberlo en este mundo) por qué la distancia es en cambio el sentimiento, ella y yo enredados y perdidos en él, como debajo del mar...

Me voy a dormir para soñar, para despertar...

mención de nuestra costumbre de anotar los sueños o de contárnoslos al despertar, todos esos extraños sueños, en verdad, y (como se verá después) las comunicaciones mentales que establecimos, enviándonos imágenes telepáticas con los ojos juntos, lo que demuestra que todos los pensamientos se encuentran en la araña de cristal de la eternidad –Jim– y sin embargo me gusta también el ritmo de «para soñar, para despertar», y me felicito, en mi escritorio doméstico y metafísico, por el hecho de tener por lo menos una amante rítmica...

Tu cara es muy hermosa y me gusta verla como la veo ahora...

o sea ecos de lo que dijo esa muchacha de Nueva York y que ahora, viniendo de la humilde y sumisa Mardou, no me resulta tan increíble y para decir verdad empiezo a pavonearme y a creerlo (¡oh, humilde papel de cartas, oh, la vez que estaba sentado en un tronco cerca del aeropuerto de Idlewild en Nueva York y contemplaba el helicóptero que llegaba con la correspondencia, y mientras lo miraba vi la sonrisa de todos los ángeles de la tierra que habían escrito las cartas amontonadas en el depósito del aparato, las sonrisas de esos ángeles, y más específicamente la de mi madre, que se inclinaba sobre el tierno papel y la pluma para comunicarse por correo con su hijo, la sonrisa angélica, las sonrisas de los obreros en las fábricas, la beatitud de esa sonrisa, amplia como el mundo, y el valor y la belleza que se leen en ella, aunque yo no merezca ni siquiera el reconocer un hecho semejante, después de haber tratado a Mardou como la he tratado!); (¡oh, perdonadme, ángeles del cielo y de la tierra... hasta Ross Wallenstein irá un día al cielo!)...

Perdóname las conjunciones y los dobles infinitivos y lo que me callo...

y nuevamente me impresiona, y pienso que también ella, por primera vez, tiene conciencia de estar escribiendo a un escritor...

No sé realmente qué quería decirte pero deseo que recibas alguna palabra mía este miércoles por la mañana...

pero el correo me la trajo con retraso, después de habernos visto, haciendo que la carta perdiera su impacto...

Somos como dos animales que se refugian en sus agujeros oscuros y cálidos y viven a solas sus dolores...

ya que en esa época mi mundo ideal de compañía (después de haberme hartado y asqueado de los borrachos de la ciudad) era una cabaña en el centro mismo de los bosques de Mississippi, y Mardou conmigo, al diablo los antinegros, los linchadores, de modo que le contesté: «Espero que con esa frase (animales que se refugian en sus agujeros oscuros y cálidos) hayas querido decir que después de todo eres la mujer realmente capaz de vivir conmigo en las profundas soledades del bosque, por fin, y al mismo tiempo crear los resplandecientes Parises (ahí está) y envejecer a mi lado en mi refugio de paz» (viéndome de pronto como William Blake con su sumisa mujer en el centro de Londres, al alba, bajo el rocío, y llega Crabbe Robinson con un nuevo encargo de trabajo para grabar, pero Blake está absorto en la visión del Cordero, ante los restos de la mesa del desayuno). ¡Ah, lamentable Mardou, y jamás una idea semejante latirá en tu frente, para poder besarla, el dolor de tu propio orgullo! Y basta de vagas frases románticas al estilo del siglo pasado, los detalles son todo (uno puede comportarse como un estúpido y hacerse el grandioso y el tipo dominador, al estilo del siglo XIX, con una mujer; pero no le servirá de nada cuando llegue el momento de ajustar cuentas, la muchacha se saldrá finalmente con la suya, lo lleva oculto en los ojos, su futuro triunfo y su fuerza futura, y de los labios de él solo se oirá «por supuesto, amor»). Sus palabras de despedida son un hermoso pastiche o pastel, con:

Escríbeme cualquier cosa Por Fabor (mal escrito). *Cuídate, Tu Amiga, Y todo mi cariño, Y Oh* (encima de una especie de tachaduras para siempre indescifrable y muchas X que significan naturalmente besos). *Y Cariños para Ti* MARDOU (subrayado).

Y lo más raro de todo, lo más inexplicable, en medio de todo, con un círculo alrededor, la palabra *porfabor,* que era su última súplica aunque ninguno de los dos lo sabía. Y contesto esta carta con un torpe, falso, grosero impulso, causado por la rabia que me produce el incidente del carrito.

(Y hoy esta carta es mi última esperanza.)

El incidente del carrito empezó, como de costumbre, en el Mask y en el bar de Dante, bebiendo; había dejado el trabajo para ir a visitar a Mardou, teníamos ganas de beber ese día; no sé por qué, de pronto tuve deseos de beber un vino tinto de Borgoña que había probado con Frank y Adam y Yuri el domingo antes; otro incidente (y este muy principal) digno de mención había sido –pero se trata del nudo de la cuestión– *el sueño.* ¡Oh, ese maldito sueño! En el cual aparecía un carrito, y todo lo demás también profetizado. Y también había sido después de una noche de borrachera, la noche del muchacho faunesco de la camisa colorada, en cuya ocasión todo el mundo me dijo, después por supuesto: «Te has puesto en ridículo, Leo, te estás creando en North Beach una tremenda reputación de invertido pegado a los pantalones de los peores prostitutos.» «Pero si solo quería estar con él para estudiarlo.» «Sea como fuere» (Adam), *«realmente.»* Y Frank: «Te estás creando realmente una horrible reputación.» Yo: «No me importa, te acuerdas de 1948 cuando Sylvester Strauss el compositor pederasta se enojó conmigo porque yo no quería acostarme con él en pago por haber leído mi novela y haberla recomendado a la editorial, y me gritó "Sé muy bien quién eres, conozco tu reputación". "¿Qué?" "Todos saben que tú y ese tipo Sam Vedder os paseáis por North Beach buscando marineros y les dais drogas y él lo hace solamente para llevárselos a la cama, sé todo lo que se dice acerca de ti." "¿Y dónde has oído este cuento fantástico", ya conoces la historia, Frank.» «Te puedo asegurar» (Frank riendo) «que con todas las cosas que haces cuando estás en el Mask borracho, delante de todo el mundo, si no te conociera podría jurar que eres el invertido más loco que jamás puso los pies en el país» (una frase típica de Carmody), y Adam: «Realmente, es cierto.» Después de la noche del muchacho de la camisa colorada, borracho, dormí con Mardou y tuve la peor pesadilla de todas; el sueño consistía en que todo el mundo, todos, estaban alrededor de nuestra cama, y nosotros acostados en medio, haciendo de todo. Estaba la difunta Jane, que tenía una gran botella de vino escondida en el armarito de Mardou, para mí; la sacó y me sirvió (símbolo de que seguiría bebiendo vino, en el inmediato futuro), y Frank estaba con ella, y Adam, que bajó a la calle, esa trágica calle italiana de Telegraph Hill con carritos, descendiendo por las escaleras destartaladas de madera, donde en ese momento los subterráneos se encuentran «estudiando a un viejo patriarca judío que acaba de llegar de Rusia» y que celebra alguna especie de rito junto a los cubos de basura llenos de espinazos de pescado y gatos (las cabezas de pescado: en la época peor del verano Mardou tenía siempre reservada una cabeza de pescado para nuestro gatito loco que nos visitaba y que era casi humano en su insistencia, en su exigencia de cariño cuando nos ofrecía el cuello y ronroneaba frotándose contra las piernas, y para él Mardou guardaba siempre una cabeza de pescado que una vez hedía tan espantosamente en la noche sofocante que tuve que tirar una parte en el cubo de basura de abajo, habiendo antes arrojado por la ventana un pedazo de tripa viscosa sobre la cual había puesto la mano sin darme cuenta dentro de la nevera a oscuras, al querer retirar del interior un pedacito de hielo con el cual pensaba enfriar mi Sauternes, y, zas, doy con una masa blanda y voluminosa, las tripas o la boca de un pescado; por lo tanto hice un paquete y lo tiré por la ventana, pero cayó sobre la escalera de incendios, donde se quedó toda la noche con el calor que hacía, de modo que por la mañana, cuando me desperté, me estaban mordiendo unos gigantescos moscones que habían llegado atraídos por el pescado; yo estaba desnudo y los moscones me picaban como locos, lo que me fastidió, así como me habían fastidiado las pelusas de la almohada y, no sé cómo, me pareció que todo eso se relacionaba con el hecho de que Mardou fuera medio india: las cabezas de pescado, el completo descuido con que había dejado esos restos de pescado en el frigorífico; y ella comprendía mi fastidio y se reía, ¡ah, pájaro!). El callejón, afuera, en el sueño; Adam, y dentro de la casa, el cuarto mismo de Mardou y su cama y yo, el mundo entero que rugía a nuestro alrededor, en posición supina; y también estaba Yuri en el sueño, y cuando vuelvo la cabeza (después de innominados eventos con enjambres de polillas de mil aspectos) veo que de pronto se ha acostado con Mardou en la cama y está haciendo furiosamente el amor con ella; al principio no digo nada; cuando vuelvo a mirar están otra vez haciendo el amor, me enojo, empiezo a despertarme, justo en el momento en que le doy a Mardou un puñetazo en la base de la nuca, lo que hace que Yuri tienda un brazo para aferrarme; me despierto mientras le sacudo, le tengo por los talones; le golpeo contra la chimenea de ladrillos. Al despertar de este sueño se lo conté, todo entero, a Mardou, salvo la parte en que le doy el golpe y sacudo a Yuri contra la chimenea; y ella también (en relación con nuestras telepatías, ya experimentadas durante el curso de esa triste temporada de verano, que ahora es un otoño que muere gemebundo; nos habíamos comunicado tantos sentimientos de empatía, y a veces, de noche, yo acudía corriendo a su casa cuando ella me presentía) había soñado, como yo, que el mundo entero rodeaba nuestra cama, y también había visto a Frank, a Adam, a varios otros, y luego se había repetido su sueño de siempre, con su padre que pasaba a toda velocidad en un tren, con el espasmo anunciador del orgasmo. «¡Ah, querida, tenemos que poner fin a todas estas borracheras, estas pesadillas me están matando, no sabes los celos que he sentido en el sueño» (un sentimiento que todavía no había experimentado, en relación con Mardou) y seguramente la energía que se adivinaba detrás de este sueño ansioso provenía de su reacción ante mi estupidez con el muchacho de la camisa colorada («Un tipo absolutamente insoportable, de todos modos», había comentado Carmody, «aunque evidentemente atractivo, realmente, Leo, estuviste muy gracioso», y Mardou: «Te comportaste como una criatura, pero me gusta que seas así.» Su reacción por supuesto había sido violenta, una vez que llegamos a casa, después que me hubo arrastrado fuera del Mask delante de todos, incluyendo sus amigos de Berkeley que la vieron y probablemente le habrán oído decir «tienes que elegir entre él y yo», y la futilidad y la locura de todo esto; cuando llegamos a Heavenly Lane se encontró con un globo en el vestíbulo: ese simpático joven escritor John Golz que vivía en el piso de abajo se había pasado el día jugando con globos, en compañía de todos los chicos del barrio, y algunos estaban todavía en el vestíbulo; y Mardou (borracha) se había puesto a bailar por el apartamento, resoplando y arrojándolo al aire con ademanes interpretativos de danza, cuando de pronto dijo algo que no solo me hizo temer un nuevo ataque de locura, su demencia de hospital, sino que además me hirió profundamente el corazón, y tan profundamente que por ende no podía estar loca, si era capaz de comunicarme algo con tanta exactitud y precisión fuera lo que fuese... «Ahora que tengo este globo puedes irte.» «¿Qué quieres decir?» (yo, en el suelo, con los ojos húmedos por la borrachera). «Ahora tengo este globo, no te necesito más, adiós, vete, déjame en paz», una declaración que aun en medio de mi borrachera me hizo sentir de plomo, y allí me quedé tendido en el suelo, durmiendo por lo menos una hora mientras ella jugaba con el globo y finalmente se iba a la cama, aunque me desperté al amanecer para desvestirme y acostarme también yo: y ambos soñamos la pesadilla del mundo alrededor de nuestra cama, y el sentimiento *culpable* de los celos entró por primera vez en mi pensamiento, ya que el punto esencial de todo este relato es este: deseo a Mardou porque ha empezado a rechazarme, *porque...* «Pero, querido, era un sueño totalmente absurdo.» «Unos celos tan fuertes que me sentí mal.» Y de pronto recordé lo que Mardou había dicho durante la primera semana de nuestra relación, en un momento en que yo secretamente creía haber-

87

la relegado a un segundo plano, convencido de la importancia de mi obra literaria; ya que, como ocurre en todo amorío, la primera semana es tan intensa que uno podría tranquilamente tirar por la ventana todos sus universos previos, pero cuando la energía (del misterio, del orgullo) empieza a disiparse, regresan los mundos antiguos de la cordura, del bienestar, del sentido común, etcétera, de modo que en secreto yo me había dicho: «Mi labor literaria es más importante que Mardou.» Sin embargo, ella lo había intuido durante esa primera semana, y me dijo: «Leo, ahora siento en ti algo distinto, y lo siento en mí sobre todo, no sé qué es.» Yo sabía muy bien qué era, en cambio, aunque simulaba no ser capaz de expresármelo con claridad, y mucho menos de expresárselo a ella; ahora recordaba que al despertar de la pesadilla de los celos, en la cual ella hacía el amor con Yuri, algo había cambiado; lo sentía, algo en mí se había roto, percibía una nueva pérdida; es más, una nueva Mardou; y nuevamente, esa diferencia no se encontraba aislada en mí, que había soñado el sueño adúltero, sino en ella, el sujeto, que no lo había soñado, solo había participado de algún modo en el sueño confuso, desordenado, aflictivo y general de toda esta vida conmigo; por eso yo sentía esa mañana que ahora ella podía mirarme y decirme que algo había muerto, no por culpa del globo y del «Puedes irte ahora», sino por el sueño... y por eso el sueño, el sueño, yo insistía en el sueño, desesperadamente seguía masticándolo, hablando de él, hablándole de él, mientras bebíamos café, y finalmente cuando llegaron Carmody y Yuri y Adam (por su cuenta, sintiéndose solos, venían para recoger los jugos de esa gran corriente que fluía entre Mardou y yo, una corriente en la cual, como descubrí después, todos querían introducirse, activamente) empecé a hablarles a *ellos* del sueño, recalcando, recalcando, recalcando la parte que en él desempeñaba Yuri, la parte en que Yuri «cada vez que vuelvo las espaldas» la besa; y naturalmente los otros querían saber qué papel les había tocado, aunque esto yo lo contaba con menos vigor; una triste tarde de domingo, Yuri bajó a buscar cerveza, un poco de pasta de sándwiches, pan; comimos un poco; y para decir la verdad hubo unos cuantos encuentros de lucha que me dejaron el corazón destrozado. Porque cuando vi que Mardou luchaba en broma con Adam (el cual no era el villano del sueño, aunque ahora yo imaginaba que tal vez podría haberme confundido de persona) me penetró ese dolor que ahora me posee por completo, ese primer dolor; ¡qué bonita se veía con sus pantalones vaqueros luchando y haciendo fuerza! (yo había dicho: «Es más fuerte que el diablo, ¿no te han contado su pelea con Jack Steen? Haz la prueba de luchar con ella, Adam»); Adam ya había empezado a luchar con Frank arrastrado por una especie de ímpetu provocado por una conversación sobre llaves de lucha, y ahora la había inmovilizado en el suelo en la posición del coito (lo que en sí no me importaba); pero era su belleza, su valor en la lucha, me sentía orgulloso de ella, hubiera querido saber qué pensaba Carmody *ahora* (comprendiendo que en un primer momento habrá tenido sus dudas sobre ella, por el hecho de que era negra, y él en cambio es un texano, para colmo un texano de buena familia) al verla tan formidable, tan compañera, tan sociable, humilde y además sumisa, una verdadera mujer. Hasta la presencia de Yuri, en cierto modo, cuya personalidad ya había cobrado más fuerza en mi imaginación, a causa de la energía del sueño, contribuía a acrecentar mi amor por Mardou, y de pronto la amé. Me pidieron que los acompañara, que fuéramos a sentarnos un rato en el parque; y como habíamos establecido en solemnes cónclaves, cuando no estábamos borrachos, Mardou dijo: «Yo en cambio me quedaré en casa, leeré y haré algunas cosas que tengo que hacer; tú, Leo, ve con ellos, como quedamos»; y mientras ellos bajaban ruidosamente por la escalera me demoré un momento dentro para decirle que ahora la amaba; no pareció ni sorprendida, ni complacida, como yo hubiera deseado; ya había puesto los ojos en Yuri, no solo desde el punto de vista de mi sueño, sino que también lo había visto bajo una nueva luz, como posible sucesor mío, a causa de mis continuas traiciones y borracheras.

Yuri Gligoric: joven poeta, de veintidós años, recién llegado de cosechar manzanas en Oregón, y antes de eso había sido camarero en una gran hostería rústica para turistas; un yugoslavo alto, delgado, rubio, buen mozo, muy atrevido y sobre todo ansioso de causarnos impresión, a mí, a Adam y a Carmody, sabiendo perfectamente que constituíamos una antigua y reverenciada trinidad; deseando, naturalmente, en su calidad de joven poeta inédito y desconocido pero muy genial, destruir los grandes dioses ya establecidos y colocarse en su lugar; deseando por lo tanto conquistar sus mujeres, también, sin inhibiciones ni tristezas, todavía, por lo menos. Me gustaba; yo lo consideraba un nuevo «hermano menor» (como lo habían sido antes Leroy y Adam, a quienes yo les había enseñado diversas estratagemas literarias), y ahora haría lo mismo con Yuri, y él sería mi amigo del alma y vendría a todas partes conmigo y con Mardou; su amante, June, lo había abandonado; él la había tratado mal, y ahora quería que regresara a su lado, pero ella ya había encontrado otro en Compton; por eso yo sentía cierta simpatía por él, le preguntaba cómo andaban sus cartas y sus llamadas telefónicas a Compton, y más importante todavía, como digo, por primera vez le había dado por mirarme y decirme «Percepied, tengo que hablar contigo, de pronto he sentido la necesidad de conocerte realmente». En broma, un domingo, mientras bebíamos en el Dante, yo había dicho «Frank desea a Adam, Adam desea a Yuri», y Yuri había agregado «Y yo te deseo a ti».

En efecto, así era, en efecto. Al atardecer de ese melancólico domingo de mi primer doloroso amor por Mardou, después de pasear un rato por el parque con los muchachos, como habíamos convenido, me arrastré nuevamente a casa, a trabajar, a la cena del domingo, culpable porque llegaba tarde, y encontré a mi madre de mal humor; había estado sola todo el fin de semana, sentada en un sillón, con el chal sobre los hombros... Mis pensamientos ahora se dirigían todos hacia Mardou; no creía que tuviera la menor importancia nada de lo que yo le había dicho al joven Yuri, no solamente «Soñé que estabas haciendo el amor con Mardou», sino también lo que le dije en un bar mientras nos dirigíamos hacia el parque, porque Adam había querido ir a llamar a Sam, y los demás nos sentamos para esperarlos, bebiendo un refresco de lima: «Desde la última vez que hablamos, me he enamorado de esta muchacha Mardou», una información que él aceptó sin comentarios; espero que todavía la recuerde, y sin duda es así.

Y ahora mientras estaba meditando y meditando, siempre acerca de ella, evaluando los preciosos momentos felices que hemos pasado juntos y de los cuales hasta ahora siempre he eludido el recuerdo, tuve ocasión de efectuar una comprobación de importancia siempre mayor: que Mardou es la única muchacha que yo haya jamás conocido capaz de comprender realmente la música bop, y capaz de cantarla; una vez me había dicho, aquel primer día cuando estábamos acurrucados a la luz de la bombilla roja en casa de Adam: «Cuando me dio el ataque, oía el bop en los aparatos automáticos y en el Red Drum, y en cualquier parte que lo oyera, con un sentido completamente nuevo y distinto, que por otras parte no podría explicar fácilmente.» «Pero ¿a qué se parecía?» «Ya te digo que no lo puedo describir; no solamente te mandaba ondas, me atravesaba..., no puedo, te digo, *reproducirlo,* decirlo con palabras, ¿comprendes? *Uu di bii di dii»,* y cantaba unas cuantas notas, con tanta gracia. La noche que íbamos deprisa por Larkin, y pasamos delante del Blackhawk, a decir verdad también venía Adam con nosotros, pero nos seguía y escuchaba, íbamos con las cabezas juntas, cantando locos coros de jazz y de bop, a ratos, y fraseaba y hacía acordes en verdad muy interesantes por su modernismo, muy atrevidos (algo que yo no había oído nunca en ninguna parte y que se parecía un poco a los acordes modernos de Bartók, pero eran adecuadísimos al bop) y en otros momentos ella hacía sus acordes mientras yo me encargaba del bajo, en la antigua grandiosa leyenda (nuevamente la leyenda de la fantástica tarde de sillón-cama que no creo que nadie pueda comprender jamás), antes yo había cantado bop con Ossip Popper, habíamos grabado discos, yo siempre haciendo el zum zum del bajo y él el fraseo (tan parecido, como ahora compruebo, al fraseo bop de Billy Eckstine); los dos íbamos del brazo, avanzando a grandes pasos por Market Street, la flor de la flor de California, cantando bop y bastante bien además; la felicidad de nuestro canto, especialmente porque regresábamos de una espantosa reunión en casa de Roger Walker a la cual (porque así lo había dispuesto Adam, con mi consentimiento) en vez de un grupo normal solo habían asistido muchachos, y todos ellos invertidos, incluyendo un jovencito prostituto, mexicano, y Mardou en vez de sentirse incómoda se había divertido y conversado con todos; en fin, corríamos hacia la parada de autobús de la calle Tercera, para regresar a casa, cantando alegremente...

La vez que leímos juntos a Faulkner, yo le leía «Caballos manchados» en voz alta, cuando llegó Mike Murphy ella le dijo que se sentara y escuchara, mientras yo seguía leyendo, pero ahora todo era distinto, yo ya no podía leer como antes y no quise continuar; pero al día siguiente, en su melancólica soledad, Mardou se pasó el día leyendo un volumen de obras selectas de Faulkner.

La vez que fuimos a ver una película francesa en Larkin Street, en el Vogue, y vimos *Los bajos fondos,* con las manos juntas, fumando, sintiéndonos cerca uno del otro; aunque en Market Street no me permitía que le diera el brazo porque no quería que la gente de la calle pensara que era una cualquiera, lo que sin duda parecía, pero yo me enojé mucho, aunque le solté el brazo y seguimos adelante, yo quería entrar en un bar para tomar una copa, y ella tenía miedo de todos esos hombres con sombrero alineados detrás del mostrador, ahora advertía en ella ese temor que sienten los negros ante la sociedad americana, del cual siempre me estaba hablando, pero que era palpable en la calle, lo que nunca me importó nada; yo trataba de consolarla, de hacerle comprender que conmigo podía hacer lo que quisiera, «En realidad, querida, un día seré una persona famosa y tú serás la digna esposa de un hombre famoso, de modo que no debes preocuparte», pero ella me contestó: «No comprendes nada», con su miedo de muchacha tan gracioso, tan comestible; yo no insistí, y nos fuimos a casa, a nuestras tiernas escenas de amor, juntos en nuestra penumbra secreta y propia...

Para decir la verdad, esa fue la ocasión, una de esas hermosas ocasiones en que no bebimos, o mejor dicho no bebí nada, y nos pasamos la noche juntos en la cama, esta vez contándonos cuentos de fantasmas, los pocos cuentos que yo todavía recordaba, luego inventamos otros, y al final terminamos haciéndonos muecas de loco y tratando de asustarnos mutuamente, poniendo los ojos en blanco; y ella me explicó que uno de sus ensueños de Market Street se relacionaba con la idea de que ella era en realidad una catatónica («Aunque en esa época yo no sabía todavía lo que quería decir esa palabra, pero de todos modos caminaba toda tiesa, con los brazos rígidos y colgantes, y te juro que ni un alma se atrevía a hablarme y algunos hasta tenían miedo de mirarme; pasaba por las calles como una aparición, y apenas tenía trece años»). (¡Oh, alegre resoplido de sus dientecitos! Veo sus dientes salientes, le digo con voz seria: «Mardou, tienes que hacerte una limpieza enseguida de esos dientes, en el mismo hospital adonde vas por el psicoanalista, haz que te revise un dentista, no cuesta nada de modo que puedes hacerlo...», porque advierto principios de congestión en la base de sus dientecitos, lo que siempre termina en caries.) Y ella me pone cara de loca, con las facciones rígidas, los ojos que brillan, brillan, brillan como las estrellas del cielo, y en vez de asustarme me quedo como deslumbrado por su belleza y digo: «Y también veo la tierra en tus ojos, eso es lo que pienso de ti, posees una especie de belleza muy especial, no es que yo tenga la manía de la tierra y de los indios y de todo eso, ni que quiera pasarme la vida hablando de ti y de mí pero veo tanto calor en tus ojos, la verdad es que cuando te haces la loca no advierto ninguna locura en ti sino alegría, alegría, y una especie de picardía infantil, y te amo, la lluvia repicará sobre nuestros aleros algún día, amor mío», y apagamos la luz para encender una vela, así nuestras locuras resultan más cómicas y los cuentos de fantasmas dan más miedo. Pero, ¡ay!, todo eso ya ha pasado, no hago más que recordar los buenos momentos para olvidar mi dolor...

Hablando de ojos, la vez que cerramos los ojos (tampoco esa vez habíamos bebido nada porque no teníamos dinero, la pobreza hubiera podido tal vez salvar este romance) y yo empecé a mandarle mensajes, «¿Estás preparada?» y, cuando veo la primera cosa en mi mundo de ojos cerrados, le digo que me la describa, es asombroso cómo coincidimos, alguna relación existía, yo veía arañas de cristal y ella veía pétalos blancos sobre un pantano negro, inmediatamente después de habernos mutuamente declarado las imágenes, lo que era tan asombroso como las imágenes exactas que nos transmitíamos con Carmody en México; Mardou y yo veíamos la misma cosa, alguna forma loca, alguna fuente, cosas que por mi parte he olvidado, y en realidad poco importantes; nos reuníamos en mutuas descripciones de la visión, en la alegría y la dicha de este triunfo telepático nuestro, terminando donde se encuentran nuestros pensamientos en el blanco del cristal y los pétalos, el misterio; todavía veo el hambre feliz de su cara que devoraba la visión de la mía, me siento morir, ¡no me rompas el corazón, radio, con hermosas músicas, oh mundo! Y otra vez, a la luz de las velas temblorosas, yo había comprado un montón de ellas en el almacén, los rincones de nuestra habitación estaban en la sombra; su sombra desnuda y morena que se precipita hacia el lavabo después del amor –para eso usábamos el lavabo–, mi temor de comunicarle imágenes demasiado *blancas* en estas sesiones de telepatía, porque esto (en plena diversión) habría podido recordarle nuestra diferencia de raza, lo que en esa época me hacía sentir bastante culpable, aunque ahora comprendo que solo era una gentileza amorosa más de mi parte. ¡Dios!

Los buenos momentos: cuando subimos a la parte más alta de Nob Hill, una noche, con el resto de una botella de Royal Chalice Tokay, dulce, sabroso, poderoso; las luces de la ciudad y de la bahía debajo nuestro, el triste misterio; allí sentados en un banco, amantes, detrás pasan personas solitarias; nos pasamos la botella, charlamos, ella me cuenta toda su pequeña adolescencia en Oakland. Es como París, es suave, sopla una brisa, la ciudad se muere de calor pero en las colinas siempre sopla el viento, y del otro lado de la bahía de Oakland (ay de mí, Hart Crane, Melville y todos vosotros poetas fraternos de la noche americana que alguna vez creí que sería mi altar de sacrificios y que ahora lo es pero a nadie le importa, ni nadie lo sabe, y por eso perdí mi amor, borracho, fastidioso, poeta); regresando por Van Ness hasta la playa del Parque Acuático, para sentarnos en la arena; al pasar junto a los mexicanos siento esa gran vivencia que he sentido todo el verano en las calles con Mardou, mi viejo sueño de querer ser vital, de vivir como un negro o un indio o un japonés de Denver o un portorriqueño de Nueva York se ha realizado, con ella a mi lado, tan joven, tan sensual, frágil, extraña, tan hipster, y yo con los vaqueros y un aire natural y los dos como si fuéramos tan jóvenes, digo «como si» por mis treinta y uno); la policía que nos dice que debemos retirarnos de la playa, un negro solitario que pasa dos veces a nuestro lado y nos mira; paseamos a lo largo del malecón, ella ríe al ver las locas figuras de la luz reflejada de la luna, que bailan como cucarachas sobre las aguas frescas, tersas y ululantes de la noche; olemos puertos, bailamos...

La vez que la acompañé, una mañana, amplia, suave y seca como la meseta mexicana o Arizona, a su cita con el psicoanalista en el hospital, por el Embarcadero, negándonos a tomar el autobús, tomados de la mano; yo iba orgulloso, pensando «En México la verán así, exactamente, y no habrá un alma que sepa que no soy un indio, santo Dios, y así será por mucho tiempo», y señalándole la pureza y la claridad de las nubes le digo: «Igual que en México, querida, ¡oh, verás cómo te gustará!», y subimos por la avenida llena de gente hasta el enorme hospital melancólico de ladrillos; hemos convenido que de allí me voy a casa, pero ella no se decide a dejarme, con una sonrisa triste, una sonrisa de amor, hasta que por fin cedo y acepto esperarla hasta que salga, porque su entrevista con el médico dura unos veinte minutos; la veo alegre y feliz precipitarse hacia la entrada que ya habíamos dejado atrás en nuestro vagabundeo indeciso, porque ya estaba a punto de renunciar a la visita al analista; hombres, amor, no se vende, mi premio, posesión, que nadie se entrometa, si no recibirá un golpe en el estómago, una bota alemana en la trompa, soy un canadiense con un hacha, clavaré a todos estos poetas insectos sobre alguna muralla de Londres, aquí mismo donde estoy, que quede claro. Y mientras espero que salga, me siento al lado del agua, sobre la grava casi mexicana, la hierba y las casas de apartamentos de hormigón armado; saco mi cuaderno de apuntes y describo con palabras difíciles la silueta del horizonte y la bahía, incluyendo una breve mención del hecho grandioso del inmenso universo total con sus infinitos planos, desde la Standard Oil arriba hasta el muelle abajo con las chabolas donde los viejos marineros sueñan la diferencia que hay entre hombre y hombre, la diferencia tan enorme entre las preocupaciones de los presidentes de compañía en sus rascacielos y los lobos de mar en el puerto y los psicoanalistas en sus salitas sofocantes dentro de inmensos edificios hoscos, llenos de cadáveres en la morgue del sótano y de locas en las ventanas; con la esperanza de inducir de este modo a Mardou a reconocer el hecho de que el mundo es inmenso y que el psicoanálisis no es más que un medio muy limitado de explicarlo, ya que solamente rasca la superficie, o sea análisis, causa y efecto, *por qué* en vez de *qué;* y cuando sale se lo leo, no le causa mucha impresión pero me ama, me da la mano mientras volvemos por el Embarcadero a casa, y cuando la dejo en la esquina de la Tercera y Townsend en medio de la tarde clara y cálida me dice: «¡Oh, qué rabia me da separarme de ti, realmente te extraño, ahora, cuando no estoy contigo!» «Pero tengo que volver a casa, para preparar la cena antes de que llegue mi madre, y escribir, pero querida vuelvo mañana, recuérdalo, a las diez en punto.» Y al día siguiente, en cambio, llego a medianoche.

La vez que nos pusimos a temblar mientras hacíamos el amor y ella me dijo «De repente me sentí perdida», y se perdió en efecto conmigo, aunque sin terminar, ella, pero frenética en mi frenesí (la obnubilación de los sentidos de Reich); y cómo le gustó; todas nuestras lecciones en la cama, le explico cómo soy, me explica cómo es ella, trabajamos, gemimos, cantamos bop; nos quitamos toda la ropa y nos arrojamos uno sobre el otro (y siempre su paseíto al lavabo, para colocarse el diafragma, mientras la espero conteniéndome y diciendo estupideces y ella se ríe y hace correr el agua) luego se me acerca atravesando el jardín del Edén y yo extiendo los brazos y la hago acostar a mi lado en la cama blanda, atraigo hacia mí su cuerpecito y lo siento caliente, y más caliente todavía su parte caliente, beso sus pechos marrones, los dos, beso sus hombros amorosos; y mientras ella hace «ps ps ps» constantemente con los labios, ruiditos de besos aunque en realidad no existe ningún contacto entre sus labios y mi cara salvo cuando, por casualidad, mientras estoy haciendo alguna otra cosa, mi cara pasa junto a la suya y sus besitos «ps ps» hacen por fin contacto y son tan tristes y tan suaves como cuando no lo hacen; es su pequeña letanía de la noche; y cuando se siente mal y estamos preocupados, entonces me atrae hacia sí, sobre su brazo, sobre el mío; se pone al servicio de la loca bestia irreflexiva; me paso largas noches, muchas horas haciendo de todo, finalmente la poseo, rezo para que le venga, la oigo respirar cada vez más ansiosamente, espero sin esperanza, ya va a ocurrir, de pronto un ruido en el vestíbulo (o el ruido de los borrachos en el apartamento de al lado) la distrae y no consigue terminar y se ríe; pero cuando le viene entonces la oigo llorar, gemir, el tembloroso orgasmo eléctrico femenino la convierte en una niñita que llora, que gime en la noche, dura por lo menos veinte segundos, y cuando ya ha terminado se queja: «¡Oh, por qué no podrá durar un poco más!», y «¡Oh, cuándo te vendrá a ti al mismo tiempo que a mí!». «Pronto, me parece», le digo, «te estás acercando cada vez más», sudando contra ella en la triste cálida San Francisco con sus malditas viejas chabolas que mugen frente al puerto cuando llega la marea, vum, vuum, y las estrellas que titilan sobre el agua frente a la punta de la escollera donde uno se imagina que los pistoleros arrojan sus cadáveres dentro de bloques de cemento, o ratas, o La Sombra; mi pequeña Mardou que yo amo, que no ha leído nunca mis obras inéditas, solamente la primera novela, que tiene bastante coraje pero escrita en una prosa bastante mediocre para decir la verdad, y ahora que la poseo, extenuado por el sexo, sueño con el día en que leerá las grandes obras que yo habré escrito y me admirará, recordando la vez que Adam dijo tan inesperadamente en la cocina de su casa: «Mardou, ¿qué piensas realmente de Leo y de mí como escritores, nuestra posición en el mundo, en el tiempo?», y se lo preguntaba sabiendo que sus ideas están en muchos sentidos más o menos de acuerdo con las de los subterráneos, que le inspiran admiración y temor, y cuya opinión aprecia con asombro; pero Mardou en realidad no contestó sino que eludió la pregunta, pero este viejo que vive en mí proyecta grandes libros famosos para dejarla atónita; tantos buenos momentos, tantas cosas maravillosas que vivimos juntos, y otras también que ahora en el calor de mi frenesí olvido, pero debo decirlas todas, todas, los ángeles las conocen todas y las registran en sus libros...

Aunque si pienso en los malos momentos... tengo una lista de malos momentos que compensa la de los buenos (las pocas veces que fui bueno con ella y como debía ser), lo bastante como para arruinarlo todo; cuando apenas iniciado nuestro amor llegué tres horas tarde, que son muchas horas de retraso para dos amantes recientes, y por lo tanto protestó, se asustó, se puso a dar vueltas alrededor de la iglesia con las manos en los bolsillos, haciéndose mala sangre, buscándome en la niebla del amanecer, y yo bajé corriendo (al ver su notita que decía «Bajé para ver si te encuentro»), (en la inmensa San Francisco, ese norte y sur, este y oeste de desolación sin alma y sin amor que ella había divisado desde lo alto de la cerca, todos esos hombres incontables con sombreros, que suben a los autobuses y no les importa nada la muchacha desnuda sobre la cerca, ¿por qué?), y cuando la vi, yo también corriendo, ansioso por encontrarla, le abrí los brazos a cinco manzanas de distancia...

El momento peor, casi el peor de todos, cuando una llamarada roja me atravesó el cerebro: yo estaba sentado con ella y con Larry O'Hara en el cuarto de este, habíamos estado bebiendo Burdeos francés y haciendo un poco de música, se hablaba ya no sé de qué cosa, yo tenía una mano sobre la rodilla de Larry y gritaba: «Pero ¡escuchadme, escuchadme un momento!» con tantas ganas de explicarles mi punto de vista que mi voz dejaba traslucir una inmensa y loca súplica, y Larry totalmente absorto en lo que Mardou está diciendo al mismo tiempo, y alimentando con palabras sueltas su diálogo, y en el vacío que sigue a la llamarada me levanto repentinamente de un salto y trato vanamente de abrir la puerta, uf, está cerrada con la cadena interior, hago correr la cadena, abro de un tirón la puerta y me zambullo en el pasillo, bajo las escaleras con toda la velocidad que me permiten mis zapatos con suela de goma, veloces suelas de ratero, pat patapat, piso tras piso van girando en torno de mí mientras yo giro en torno del hueco de la escalera, dejándolos a los dos con la boca abierta allí arriba; luego llamo por teléfono, media hora después me encuentro con Mardou en la calle, a tres manzanas de la casa; no hay esperanza.

Y también la vez que decidimos que yo debía darle algún dinero para comprar algo de comer, dije que iría a casa a buscarlo y se lo traería y me quedaría un rato; pero en esa época estaba tan lejos todavía del amor, y me fastidió, no solamente su conmovedora petición de dinero sino también la duda, la vieja duda de siempre, por lo tanto entro con violencia en su cuarto, está Alice su amiga, lo que me sirve de excusa (porque Alice es más silenciosa que una pared, desagradable y rara, y nadie le gusta) para dejar los dos billetes sobre los platos de Mardou en el fregadero de la cocina, le doy un beso rápido en el lóbulo de la oreja, le digo «Vuelvo mañana», y me voy, siempre corriendo, sin siquiera preguntarle si está de acuerdo, como una prostituta que me hubiera pedido los dos dólares después de haber hecho el amor, y yo me hubiera ofendido.

Qué claramente nos damos cuenta de cuándo nos estamos volviendo locos; la mente se sume en el silencio, físicamente no ocurre nada, la orina se acumula en la vejiga, las costillas se contraen.

Un mal momento, la vez que me preguntó: «¿Qué piensa realmente de mí Adam? No me lo has dicho nunca, sé que no está muy contento de vernos juntos pero...», y yo le dije más o menos lo que me había dicho Adam, cosas de las cuales no debería en absoluto haberle hablado para no turbar su tranquilidad de espíritu: «Dijo que era solamente una cuestión social suya personal, que no quería

tener historias de amor contigo porque eres una negra», y otra vez
sentí su pequeño choque telepático que me llegaba a través de la habitación; la hirió profundamente. Me pregunto qué motivo habré
tenido para decírselo.

La vez que vino su vecino, tan cordial, el joven escritor John Golz
(se pasa ocho horas al día, con toda aplicación, escribiendo cuentos
para revistas, admira a Hemingway, a menudo da de comer a Mardou; es un simpático muchacho de Indiana y no tiene malas intenciones y por cierto no es un viperino, tortuoso, interesante subterráneo, sino un tipo jovial y de cara franca, juega con los chicos en el
patio, imagínense) vino a visitar a Mardou, yo estaba solo (no sé ya
por qué motivo, Mardou estaba en el bar como habíamos establecido de común acuerdo, la noche que salió con un muchacho negro
que no le gustaba mucho, pero solo por divertirse, y le dijo a Adam
que había aceptado porque quería tratar de hacer el amor otra vez
con un muchacho negro, para probar, lo que me dio muchos celos,
pero Adam dijo: «Si me dijeran, si le dijeran que estuviste con una
muchacha blanca para ver si podías todavía hacer el amor con una blanca, te aseguro que se sentiría halagada, Leo»); esa noche, yo estaba
en su cuarto esperando, leyendo, cuando llegó el joven John Golz a
pedir cigarrillos prestados y al ver que yo estaba solo quiso conversar
un rato de literatura: «Bueno, yo diría que la cosa más importante
es la capacidad de selección»; yo exploté y le dije: «Ah, no me vengas con todas esas frasecitas de escuela secundaria que ya he oído mil
veces, mucho antes de que tú hubieras nacido, casi; por el amor de
Dios, realmente, vamos, hazme el favor de decir algo interesante y
nuevo sobre el tema», desconcertándolo, de mal humor, por motivos sobre todo de irritación, y porque parecía tan indefenso y por lo
tanto uno sabía que podía gritarle sin peligro de que contestara,
lo que por supuesto era cierto; le puse en ridículo, aunque era su
amigo, y estuve bastante mal; no, el mundo no es un lugar adecuado
para este tipo de actividades, ¿y qué haremos?, ¿y dónde?, ¿cuándo?,
ua ua ua, el bebé llora en el estrépito de mi medianoche.

Ni tampoco puede haber sido agradable y alentador, para sus temores y sus ansiedades, el hecho de que empezara, apenas iniciada nuestra relación, a «besarla entre las piernas», que empezara y de repente me interrumpiera, de modo que más tarde, en un momento de alcohol liberal me dijo: «Te interrumpiste de repente como si yo fuera...», aunque el motivo por el cual me interrumpí no era en sí tan significativo como el motivo que me impulsó a hacerlo, para despertar en ella un mayor interés sexual, que, una vez bien atado como con un nudo, me permitiría mayor libertad. La cálida boca de amor de la mujer, su sexo, que es el lugar mejor para el hombre que ama, no... este borracho egomaníaco e inmaduro..., este..., sabiendo como sé por mi experiencia pasada y mi sentido interior que debemos caer de rodillas ante la mujer y pedirle permiso, pedir el perdón de la mujer para todos nuestros pecados, protegerla, sostenerla, hacerlo todo por ella, morir por ella pero por el amor de Dios amarla y amarla hasta el final y en todos los modos posibles; sí, psicoanálisis, dicen (temiendo secretamente las pocas veces que había establecido contacto con la áspera superficie, como de rastrojo, del pubis, que era negroide y por lo tanto un poco más áspera, aunque no lo bastante como para ser distinto del pubis de las demás mujeres, y debo decir que el interior, por su parte, era el mejor, el más rico, el más fecundo, húmedo, cálido y lleno de suaves y escondidas montañas resbaladizas, y por otra parte la fuerza y la agilidad de los músculos internos es tan poderosa que sin darse cuenta a menudo cierra el pasaje como si fuera una compuerta y me hace un daño increíble, aunque de esto fue consciente solamente la otra noche, y ya era demasiado tarde...). Y así llegamos a la última duda, no disipada, fisiológica, que esta contracción y este vigor de su sexo, que seguramente habrá sido la causa, ahora que lo pienso, de la vez que Adam, en su primer encuentro con ella, experimentara ese dolor tan penetrante, intolerable, tan repentino que le hizo gritar, hasta el punto de que tuvo que ir a ver al médico y hacerse vendar y todo (y también después, cuando vino Carmody y se hizo un aparato casero con una vieja regadera grande y un poco de estopa y sustancia vegetativa, para colocar el pico de su persona en el pico de la regadera, así se lo curaba); ahora que reflexiono me pregunto realmente si nuestra potranca no habrá querido partirnos en dos, me pregunto si Adam no creerá que fue por culpa de él, y no lo sabe; lo cierto es que esa vez la negrita se contrajo poderosamente (¡la lesbiana!) (¡siempre lo supe!), le reventó, le dejó en mal estado, y a mí no me lo pudo hacer pero no porque no lo intentase, hasta dejarme hecho la basura que soy ahora..., ¡psicoanalista, soy un caso serio!

Ya es demasiado. Empezando, como dije, con el incidente del carrito –la noche que bebimos vino tinto en el bar de Dante porque teníamos ganas de emborracharnos, tan malhumorados estábamos–; Yuri había venido con nosotros, también estaba Ross Wallenstein, y, tal vez para llamar la atención de Mardou, Yuri se portó como una criatura toda la noche; todo el tiempo golpeaba a Wallenstein en la nuca con las puntas de los dedos, como si estuviera haciéndose el tonto en un bar, pero Wallenstein (que siempre recibe las palizas de los tipos de mal vivir justamente por eso) se volvió y le dirigió una rígida mirada de calavera, con esos ojos enormes suyos detrás de los cristales de las gafas, y sus mejillas azules de Cristo sin afeitar; le miró rígidamente como si le hubiera podido derribar con la mirada sola allí mismo, sin pronunciar una palabra durante un buen rato, y diciéndole finalmente: «Oye, deja de fastidiar»; luego se dio vuelta para seguir su conversación con los amigos. Yuri vuelve a golpearle en la nuca, con las puntas de los dedos, y Ross le mira nuevamente, con esa especie de pacífica defensa india a lo Mahatma Gandhi, despiadada, terrible, subterránea (que era lo que yo me había imaginado la primera vez que se dirigió a mí para decirme: «¿Eres pederasta?, hablas como un pederasta», una observación tan absurda por lo inflamable, viniendo de él, ya que después de todo yo peso casi noventa kilos y él apenas setenta o sesenta y cinco, válgame Dios, lo que me hizo pensar en secreto: «No, no es posible pelearse con este hombre porque se limitará a gritar y a chillar y a llamar a la policía y a dejarse golpear todas las veces que quieras, y luego se aparecerá en sueños, todavía no se ha descubierto la manera de poner fuera de combate a un subterráneo o, para ser más exacto, la manera de ponerlos fuera de combate a todos ellos, son las personas más invencibles de este mundo y de la nueva cultura»); finalmente Wallenstein se va al lavabo a mear y Yuri me dice, mientras Mardou está en el mostrador haciéndose servir tres copas más para nosotros: «Vamos al excusado y le rompemos el alma», y yo me levanto para seguir a Yuri pero no con la intención de romperle el alma a Ross sino más bien para impedir que suceda algo desagradable allí dentro, ya que a su manera, mucho más real que la mía, Yuri ha sido una persona de malos antecedentes, y ha estado preso en Soledad por haberse defendido en una gran pelea a muerte que hubo en el reformatorio; pero cuando estamos a punto de llegar a la puerta del fondo Mardou nos corta el paso y nos dice «Dios mío, si yo no lo hubiera impedido (riendo con esa risita suya de incomodidad y su resoplido habitual) habríais sido capaces de entrar»; habiendo sido en otro tiempos amante de Ross, aunque ahora la letrina sin fondo que es las posición de Ross en la escala de sus sentimientos, habrá de ser, supongo, comparable a la mía, ¡oh!, al diablo con estos aleteos espinosos...

De allí fuimos al Mask como de costumbre, bebimos cerveza, cada vez más borrachos, y luego salimos para volver a casa a pie; como Yuri acaba de llegar de Oregón y no tiene dónde dormir nos pregunta si puede venir a dormir con nosotros, yo por mi parte dejo que Mardou responda porque la casa es suya, aunque débilmente murmuro tal vez «bueno», en medio de la confusión, y Yuri se viene a casa con nosotros; por el camino encuentra un carrito de mano, y dice: «Subid, haré de taxista y os llevaré a casa colina arriba.» Muy bien, subimos y nos acostamos en el carrito, borrachos como solo es posible emborracharse con el vino tinto, y Yuri nos empuja desde la playa a casa, pasando por ese parque fatal (donde habíamos estado aquella triste tarde de domingo de mi sueño y mis presentimientos), y nos dejamos llevar en el carrito de la eternidad, el ángel Yuri nos empuja, veo solamente las estrellas y de vez en cuando el techo de algunas casas; ausente de nuestras mentes toda idea (salvo a ratos en la mía, y tal vez en las de los demás) del pecado que cometemos, de la pérdida que esta broma representa para el pobre proletario italiano que ha perdido su carrito; y luego seguimos por Broadway hasta llegar a casa de Mardou, siempre en el carro; en cierto momento yo los empujo y ellos se dejan llevar, Mardou y yo cantamos un poco de bop y también la melodía *¿Han salido las estrellas esta noche?* al estilo bop, perfectamente borrachos, para terminar abandonando estúpidamente el carrito delante de la casa de Adam y luego subir corriendo y haciendo mucho ruido. Al día siguiente, después de haber dormido en el suelo, mientras Yuri ronca sobre el sofá, esperamos que llegue Adam, como si fuéramos a darle una gran alegría con nuestra hazaña; por fin vuelve Adam del trabajo, con cara lúgubre y dice: «Realmente no imagináis el sufrimiento que estáis causando a algún pobre viejo trapero armenio, esas cosas no se os pasan nunca por la imaginación, lo único que sabéis hacer es comprometer mi domicilio dejando ese carro delante de la puerta, suponed que la policía lo encuentra y, ¿qué pasa entonces?» Y Carmody que me dice: «Leo, pienso que has sido tú el que ha perpetrado esta obra maestra», o «Esta brillante idea proviene sin duda de tu cerebro genial», o algo así, aunque no había sido yo en realidad; y nos pasamos el día entero subiendo y bajando las escaleras para ir a ver el carrito que ni sueña con ser descubierto por la policía, sino que está siempre en el mismo lugar; pero ahora con el encargado de la casa de Adam, preocupado, yendo y viniendo delante del objeto, esperando para ver quién viene a reclamarlo, oliéndose alguna complicación inesperada, y encima el pobre bolso de Mardou que se ha quedado en el carro, donde lo hemos olvidado por culpa de la borrachera, y el encargado de la casa finalmente lo confisca y se queda esperando para ver qué sucede ahora (con lo que Mardou se despide de unos cuantos dólares y de su único bolso). «Lo único que puede ocurrir, Adam, es que la policía descubra el carrito, que vean el bolso, y dentro la dirección, y se lo lleven a Mardou, pero lo único que debe decir es "¡Oh, finalmente han encontrado mi bolso!" y se acabó, y no pasará nada.» Pero Adam me grita: «Mira, incluso si no pasa nada has puesto en peligro la seguridad de mi domicilio, entras haciendo ruido, me dejas un vehículo provisto de su patente reglamentaria delante de la puerta de la calle, y luego me dices que no ha sucedido nada.» Pero como ya me había imaginado que se enojaría, estoy preparado y le digo: «Al diablo, Adam, puedes levantarles la voz a estos, pero no puedes levantarme la voz a mí, no te lo permitiré; ha sido sencillamente una broma de borrachos», agrego, y Adam dice: «Esta es mi casa y cuando estoy en mi casa puedo cabrearme con quien...» Por lo tanto me levanto y le arrojo las llaves (las llaves que él me había hecho hacer para que yo pudiera entrar y salir cuando me diera la gana), pero están endiabladamente enredadas con la cadenita del llavero de mi madre, y durante unos segundos forcejeamos seriamente con los dos grupos mezclados de llaves, que ahora han caído al suelo, tratando de separarlos, y él por fin recoge las suyas y yo digo: «No, esa no, esa es mía», y se la mete en el bolsillo, y así quedan las cosas. Siento deseos de levantarme y salir corriendo, como en casa de Larry. Mardou está presente, viendo cómo me da el ataque, en vez de ayudarla a evitar los ataques que le dan a ella (una vez me preguntó: «Si me da el ataque, ¿qué harás, me ayudarás? Suponte que yo esté convencida de que te has propuesto hacerme daño, ¿qué harías?» «Querida», le contesto, «haré lo posible, te aseguro que te haré comprender que no estoy tratando de hacerte ningún daño, y así recobrarás la lucidez, te protegeré», con el aplomo del hombre adulto, pero en realidad el ataque me da a mí más a menudo que a ella). Siento vastas oleadas de oscura hostilidad, más bien odio, malignidad y destructividad, que emanan de Adam sentado en un rincón, apenas si puedo quedarme sentado bajo esa desoladora oleada telepática, y por si fuera poco todo el equipaje de Carmody por el cuarto, una cantidad de maletas, es demasiado para mí (por otra parte es una pura comedia; en eso estamos de acuerdo, que luego nos parecerá todo una comedia), hablamos de otra cosa, de pronto Adam me arroja la llave disputada, que aterriza sobre mi pierna, y en vez de dejarla pender ostentosamente del dedo (como si estuviera reflexionando, como un astuto canadiense que calcula el pro y el contra) me levanto como una criatura de un salto y me meto la llave en el bolsillo, con una risita, para que Adam se sienta más a sus anchas, y también para hacer ver a Mardou qué «buen muchacho» soy, aunque ella ni se dio cuenta, en ese momento estaba mirando hacia otro lado; de modo que ahora, restablecida la paz, digo: «Y en todo caso la culpa fue de Yuri, y no se trata, como dice Frank, de una prueba de ingenio de mi parte» (el carrito de mano, la oscuridad, exactamente como cuando Adam en el sueño profético bajaba los escalones de madera para ir a ver al «patriarca ruso», también allí había un carrito de mano). Por lo tanto, en la carta que escribo para contestar la hermosura que me ha mandado Mardou, ya citada, inserto afirmaciones estúpidas y airadas pero «simulando ecuanimidad», «calma, profundidad, poesía», como por ejemplo: «Si me enfurecí y le devolví las llaves de mal modo a Adam, fue porque "la amistad, la admiración, la poesía reposan en el misterio respetuoso", y el mundo invisible es demasiado beatífico para arrastrarlo ante el tribunal de las realidades sociales», o algún trabalenguas por el estilo, que Mardou habrá sin duda leído con un solo ojo; la carta, inspirada por la pretensión de retribuir el calor de la suya, su obra maestra de ensimismamiento otoñal, empezaba con esta confesión, que si algo es, es sencillamente estúpida: «La última vez que escribí una misiva de amor resultó ser todo un error (refiriéndome a un amorío que tuve con Arlene Wohlstetter a principios del año) y me alegro de que seas franca» o «de que tengas ojos tan francos», decía la frase siguiente; la intención de mi carta era que llegara el sábado por la mañana, para que así pudiera sentir mi cálida presencia, mientras yo acompañaba a mi madre (que bien se lo merece trabajando como trabaja) de compras por Market Street y después al cine, como hacemos cada seis meses (ya que tratándose de una anciana obrera canadiense desconoce completamente el confuso trazado de las calles de San Francisco), pero en cambio llegó bastante después, cuando ya nos habíamos visto; la leyó estando yo presente, y la encontró aburrida no desde el punto de vista literario, pero algo en ella debió desagradar a Mardou, la injusticia y la estupidez en lo que se refería a mi ataque contra Adam («Tío, no tenías ningún derecho a gritarle así, realmente, es su apartamento, tenía derecho»), ya que la carta era una larga defensa de este «derecho a levantar la voz delante de Adam», y de ningún modo era una respuesta a su misiva amorosa...

El incidente del carrito no tenía ninguna importancia en sí, pero sí lo que vi, lo que devoraron mis ojos al acecho y mi voraz paranoia, un gesto de Mardou que me hizo caer el alma a los pies, aunque en el fondo dudaba de lo que estaba viendo; tal vez había interpretado mal, como tan a menudo me sucede. Habíamos entrado y subido las escaleras corriendo, y nos habíamos echado sobre la ancha cama de matrimonio, despertando a Adam, gritando y tirándonos de los pelos, y también estaba Carmody, sentado en el borde de la cama, como diciendo «Bueno, tranquilos, tranquilos», aunque en realidad éramos un grupo de borrachos consuetudinarios; en cierto momento, entre tantas idas y venidas de un cuarto a otro, Mardou y Yuri terminaron acostados en el diván, uno encima del otro, creo que también yo había caído sobre el diván, pero no sé por qué motivo me fui al dormitorio, conversando, y al volver vi a Yuri, que me había oído entrar, rodando del diván al suelo, y mientras él caía vi que Mardou (seguramente no me había oído entrar) le tendía la mano como diciéndole *oh, sinvergüenza,* como si antes de rodar del diván al suelo le hubiera hecho quién sabe qué, jugando; y por primera vez advertí la exuberancia juvenil de esos dos muchachos, en la cual yo, en parte por austeridad y en parte por mi condición de escritor, no había querido participar, y también por mi mayor edad, lo que me instaba a repetirme constantemente: «Eres viejo, eres un viejo desgraciado, y tienes suerte de haber dado con esa florecilla tan joven» (aunque al mismo tiempo cavilando, como había estado haciendo ya durante las últimas tres semanas, acerca del modo de deshacerme de Mardou, sin causarle daño, y aun si fuera posible «sin que ella se diera cuenta», lo que me permitiría retornar a un sistema de vida más cómodo, como sería por ejemplo quedarme en casa toda la semana escribiendo para adelantar un poco las tres novelas y así ganar una cantidad de dinero; yendo a la ciudad solamente para divertirme un poco, y si no podía hacerlo con Mardou daba lo mismo cualquier otra muchacha de su edad, eso había estado pensando durante las tres últimas semanas y en realidad de allí provenía la energía oculta o tal vez la energía superficial que había dado origen a la Fantasía de los Celos, en el sueño Gris y Culpable del Mundo en Torno a Nuestro Lecho); pero ahora, cuando vi que Mardou empujaba a Yuri, gritándole «¡Oh, sinver...!» me estremecí al pensar que tal vez algo había entre esos dos que yo ignoraba; por otra parte, también me infundía sospechas la rapidez, la inmediatez con la cual Yuri me había oído entrar y se había separado, tal vez sintiéndose culpable, como digo, después de alguna forma de insinuación o pasada de mano, algún tanteo ilegal a Mardou que le hacía con los labios una mueca amorosa y le empujaba rechazándolo; en fin, como dos criaturas. Mardou era en efecto como una niñita, recuerdo la primera noche que la conocí cuando Julien, en el suelo, liaba la marihuana, y ella estaba detrás de él en cuclillas, y yo les expliqué por qué esa semana no quería beber una gota (en ese momento decía la verdad, a causa de ciertos incidentes que habían tenido lugar a bordo del barco en Nueva York, que me habían asustado, por eso me había dicho: «Si sigues bebiendo así te irás a la tumba, ya ni siquiera eres capaz de conservar un trabajo», de modo que desde que había vuelto a Frisco no había bebido una sola copa y todos me decían «¡Oh, qué buen aspecto tienes!»), y así fue como esa primera noche les dije que no bebía; nuestras cabezas, la mía, la de Julien y la de Mardou estaban casi juntas, y ellos tan infantiles con su inocente *¿por qué?* cuando se lo dije, escuchando con un aire tan infantil mi explicación de que un vaso de cerveza traía otro, las repentinas explosiones y chisporroteos de los intestinos en la barriga, el tercer medio litro, el cuarto, «Y después ya no sé qué hago y me paso varios días seguidos bebiendo, y me descubro del otro lado, tío, casi diría que soy un alcohólico inveterado», y ellos, como chicos, como muchachos de la nueva generación, no hacían ningún comentario, me escuchaban impresionados, con curiosidad; con la misma relación que se establece entre ella y este joven Yuri (tiene su edad) cuando le empuja fuera del diván. ¡Oh, Tú, a quien en mi borrachera no he prestado suficiente atención! Luego dormimos, Mardou y yo en el suelo, Yuri en el diván (tan infantil, animado, gracioso, algo de todo eso hay en él); esta fue la primera revelación de la realidad de los misterios del sueño de los celos culpables, que debía terminar, partiendo de la noche del carrito, la noche en que fuimos a casa de Bromberg, la peor de todas.

Como de costumbre, habíamos empezado en el Mask.

Noches que empiezan tan claras, deslumbrantes de esperanzas: vayamos a visitar a los amigos, se toman medidas, suenan los teléfonos, la gente va y viene, abrigos, sombreros, afirmaciones, buenas noticias, atracciones metropolitanas, una ronda de cervezas, otra ronda de cervezas, la conversación se vuelve más hermosa, más excitada, más acalorada, otra ronda, suena medianoche, más tarde todavía, las caras felices acaloradas se vuelven cada vez más salvajes, pronto aparece el amigo tambaleante *da dé ubab bab,* caída, humo, borrachera, madrugada, locura que termina con el dueño del bar, el cual, como un vidente de Eliot, declara *Es hora de cerrar,* de este modo más o menos habíamos llegado al Mask cuando entró un muchacho llamado Harold Sand; Mardou le había conocido por casualidad un año antes, un joven novelista de aspecto muy semejante a Leslie Howard a quien acaban de aceptarle un manuscrito, y por lo tanto había adquirido ante mis ojos una gracia extraña que yo hubiera querido devorar; me interesaba su persona por los mismos motivos que me interesaba Lavalina, avidez literaria, envidia; por lo tanto, como de costumbre, prestando a Mardou (que estaba con nosotros en la mesa) menos atención que a Yuri, cuya continua presencia a nuestro lado no me inspiraba ya sospechas, cuyas lamentaciones: «No tengo un solo lugar adonde ir, ¿te das cuenta Percepied de lo que es no tener siquiera un lugar donde poder escribir? No tengo ni una muchacha, no tengo nada, Carmody y Moorad no quieren que siga durmiendo en su apartamento, son un par de solteronas», no me hacían mucho efecto; el único comentario que le había hecho a Mardou acerca de Yuri había sido, cuando se fue: «Es exactamente como ese mexicano que viene a verte para que le des el último cigarrillo», lo que nos hizo reír a los dos porque cada vez que Mardou se encontraba en mala situación pecuniaria, bang, se presentaba alguno que necesitaba una «ayuda»; no es que pretenda decir que Yuri sea un parásito, en absoluto (por motivos obvios, no quiero insistir demasiado en este aspecto de la cuestión). (Esa misma semana Yuri y yo tuvimos una larga conversación en un bar, mientras bebíamos una copita de oporto; de pronto declaró que todo era poesía, yo traté de recordarle la antigua distinción entre poesía y prosa, pero él dijo: «Oye, Percepied, ¿tú crees en la libertad? Pues entonces di lo que quieras, es poesía, poesía, todo lo que digas es poesía, la buena prosa es poesía, la gran poesía es poesía.» «Sí», le dije, «pero los versos son versos y la prosa es prosa.» «No, no», chilló, «todo es poesía.» «Muy bien», le dije, «veo que crees en la libertad, y tal vez tengas razón, bebamos otra copa.» Y entonces me leyó su «mejor verso» que incluía la expresión «escasamente nocturno» la cual, le dije, sonaba demasiado como poesía de revista literaria, y sin duda no era lo mejor que había escrito; porque ya había visto versos suyos, mucho mejores, relacionados con su dura infancia, que hablaban de gatos, de madres en el arroyo, de Jesús entre los cubos de basura, apareciendo encarnado, resplandeciente entre las casas de inquilinato miserables o sea pasando a grandes pasos a contraluz; en fin, algo podía hacer, y bastante bien. «No, *escasamente nocturno* no es tu expresión más feliz», pero él insistía en que era grandiosa, «Admitiría que es grandiosa, hasta cierto punto, si la hubieras escrito repentinamente, improvisadamente». «Pero si así fue, se me ocurrió de repente y lo escribí, parecería una cosa muy trabajada pero no es así, se me ocurrió todo de un golpe; como quien dice una visión espontánea.» De esto ahora no estoy tan seguro, aunque el hecho de que haber escrito «escasamente nocturno» hubiera sido espontáneo hizo que de pronto lo respetara algo más; alguna falsedad se escondía bajo nuestros gritos de borrachos en un local de Kearney). Yuri no se separaba casi ni de Mardou ni de mí una sola noche, era como una sombra nuestra, y como ya lo conocía de antes, cuando entró Sand en el Mask, un joven autor de gran éxito pero de aire «irónico», con un gran ticket de estacionamiento que le asomaba en la solapa, los tres nos lanzamos hacia él con avidez, le hicimos sentar a nuestra mesa, le hicimos hablar. Luego nos fuimos todos juntos del Mask al local de Pater 13 a la vuelta de la esquina, y en el camino (recordando ahora más intensamente, con claras punzadas de dolor, la noche del carrito y el *¡oh, sinvergüenza!* de Mardou) Yuri y Mardou empiezan a echar carreras, a empujarse, a cogerse entre sí, a luchar en la aceras y finalmente ella recoge una gran caja de cartón vacía y se la arroja y él se la arroja de vuelta, portándose otra vez como dos criaturas, pero yo sigo adelante, sumido en una conversación de carácter serio con Sand; también él le ha echado el ojo a Mardou, pero no sé bien por qué no consigo (en realidad no intento) comunicarle que Mardou es mi amante y que yo preferiría que no la mirara de esa manera tan evidente, como ese Jimmy Lowell, un marinero griego que llamó por teléfono inesperadamente, durante una reunión en casa de Adam, y luego se presentó, con un compañero escandinavo, y se puso a mirar a Mardou, y también a mirarme a mí, intrigado, para preguntarme finalmente: «¿Vosotros dos hacéis el amor?», y yo le contesté que sí, y la noche siguiente, en el Red Drum, mientras Art Blakey aullaba como un demente y Thelonious Monk, sudando, dirigía el bop de la nueva generación con sus acordes cerrados, mirando con ojos de loco a su banda para que le siguiera, y yo insistía en decirle a Yuri que era «el monje y el santo del bop», el terso, agudo, modernísimo Jimmy Lowell se inclina hacia mí y me dice: «Me gustaría acostarme con tu chica» (como en los viejos tiempos, cuando Leroy y yo nos cambiábamos constantemente de compañera, de modo que no me escandalizó), «¿No te importa si se lo digo?», y yo le contesto: «No es ese tipo de muchacha, estoy seguro de que prefiere uno a la vez, y si se lo preguntas, eso es lo que te dirá, tío» (en esa época, sin sentir todavía ni dolor ni celos; por cierto que esto fue la noche anterior al Sueño de los Celos), sin poder comunicarle a Lowell, como correspondía, que... que yo quería... que ella siguiera... siendo (tartamudeo, tartamudeo) mía... incapaz de hablar claramente y decirle: «Oye, *esta* es mi muchacha, qué te pasa por la cabeza, si haces la prueba tendrás que vértelas conmigo, supongo que no será necesario decírtelo dos veces.» Así debí hacer con ese mujeriego, y también, aunque de otro modo, con Sand que es un jovencito cortés muy serio y bastante interesante; por ejemplo: «Sand, Mardou y yo somos amigos y sería mejor que, etcétera», pero él ya le ha echado el ojo, y por eso seguramente se queda con nosotros y nos acompaña a la vuelta, al local de Pater 13, aunque es Yuri el que empieza a luchar con ella y a hacer el loco por la calle, de modo que más tarde, cuando nos vamos de Pater 13 (un bar que ahora se ha vuelto de barrio pobre y no vale nada, aunque hace apenas un año estaba lleno de ángeles de camisa roja salidos directamente de Genet y de Djuna Barnes) me acomodo en el asiento delantero del viejo coche de Sand, por fin nos llevará a casa, me siento a su lado delante con el cambio entre las piernas para poder conversar mejor, y evitar (ya que estoy nuevamente borracho) la femineidad de Mardou, dejándole el lado de la ventanilla; pero apenas se ha sentado ella a mi lado, salta por encima del respaldo y se precipita al asiento trasero con Yuri, que está solo, para seguir luchando y haciendo el loco con él, y esta vez con tanta intensidad que me da miedo mirar hacia atrás y ver con mis propios ojos lo que debe de estar ocurriendo, y cómo el sueño (el sueño que ya conté a todos, y del cual tanto he hablado, hasta el punto de contárselo también a Yuri) se convierte en realidad.

El coche se detiene delante de la puerta de Mardou, en Heavenly Lane, y ella, que está borracha, dice (puesto que Sand y yo, en plena borrachera, hemos decidido seguir con el coche hasta Los Altos, con todo el grupo, y hacerle una visita inesperada a nuestro viejo amigo Austin Bromberg, y seguir con la juerga): «Si queréis ir a casa de Bromberg en Los Altos, podéis ir solos, Yuri y yo nos quedamos aquí»; lo que me hizo subir el corazón a la boca tan violentamente que casi paladeé el dolor de poder oírselo decir por primera vez, sintiéndome coronado y beatificado por la confirmación.

Y en ese momento pensé: «Bueno, tío, aquí tienes la oportunidad de deshacerte de ella» (me había pasado tres semanas esperando y proyectando), pero la frase sonaba horriblemente falsa en mis oídos; ya no podía creer en mi sinceridad.

Pero una vez fuera del coche, cuando entramos en la casa, Yuri, muy acalorado, me toma del brazo; y mientras Mardou y Sand suben por las escaleras oliendo a pescado, me dice: «Oye, Leo, no tengo la menor intención de hacer nada con Mardou, quiero que entiendas bien que no quiero hacer nada con ella; lo único que quiero, si vosotros dos vais a casa de Bromberg, es que me des permiso para dormir en tu cama, porque tengo una cita mañana.» Pero ya no siento ningún deseo de quedarme a pasar la noche en Heavenly Lane, porque no estaremos solos, si se queda también Yuri; para ser exacto ya se ha acostado en la cama, tácitamente, como si uno tuviera el coraje de decirle: «Bájate de esa cama que tenemos que acostarnos nosotros, puedes pasar la noche en ese incómodo sillón.» Por lo tanto es más esto que otra cosa lo que me induce (aparte de mi cansancio y mi creciente prudencia y paciencia) a aceptar la propuesta de Sand (que ya no tiene ganas tampoco) y declarar que, después de todo, muy bien podríamos seguir en el coche hasta Los Altos y despertar al viejo y querido Bromberg; me vuelvo hacia Mardou con una mirada que significa o sugiere: «Puedes quedarte con Yuri, arrastrada», pero ella ya ha recogido su bolsa o cesto de fin de semana y está acomodando dentro mi cepillo de dientes, mi cepillo de pelo y sus cosas, porque según parece iremos los tres, como en efecto lo hacemos momentos después, dejando a Yuri en la cama. Pero por el camino, casi al llegar a Bayshore, bajo la gran noche enfarolada de la autopista, que para mí ya no es más que una desolación, y la perspectiva del «fin de semana» en casa de Bromberg una horrible vergüenza, no puedo soportarlo más y apenas Sand se baja a comprar unas hamburguesas para la cena, le digo, mirándola a los ojos: «Te pasaste al asiento de atrás con Yuri, ¿se puede saber por qué lo hiciste? ¿Y por qué dijiste que querías quedarte con él?» «Reconozco que fue una estupidez, querido, estaba muy borracha, nada más.» Pero tristemente ya no tengo ningún deseo de creer en sus palabras –el arte es breve, la vida es larga–; al final se ha abierto en mí como un capullo de dragón, en toda su plenitud, el monstruo de los celos, tan verde como el más vulgar de los dibujos animados. «Tú y Yuri estáis todo el tiempo jugando, es exactamente como el sueño que te conté, por eso me resulta tan espantoso, ¡oh, nunca más volveré a creer que los sueños dicen la verdad!» «Pero, querido, no es nada de eso, en absoluto», pero no la creo –me basta mirarla para comprender que ya se ha fijado, y cómo, en el muchacho–, no se puede engañar a un tipo experimentado como yo, que a la edad de dieciséis años, cuando ni siquiera el Gran Estropajo Universal de Tristeza le había secado todavía el jugo del corazón, se enamoró de una coqueta y traidora de primera mano, y esto lo digo para jactarme, me sentí tan mal que ya no podía tolerarlo, me acurruqué en el asiento de atrás, solo; partimos, y Sand, que esperaba pasar con nosotros un alegre fin de semana, en continua e interesante conversación, se encuentra de pronto con una pareja de lúgubres amantes malhumorados; es más, oye al pasar el fragmento «Pero si no es nada de eso, en absoluto, querido», que evidentemente le recuerda el incidente con Yuri; en fin, se encuentra con este par de aburridos, obligado a recorrer con ellos todo el camino que todavía falta para llegar a Los Altos, y con la misma tenacidad que le permitió escribir el medio millón de palabras de su novela, acepta la prueba y se lanza con su coche a través de la noche peninsular en dirección a la aurora.

Llegamos a casa de Bromberg en Los Altos con el alba gris, dejamos el coche y hacemos sonar la campanilla, los tres, cada uno más avergonzado que el otro, y yo el más avergonzado de todos; y Bromberg baja enseguida, con grandes rugidos de aprobación, gritando «Leo, no sabía que os conocierais» (refiriéndose a Sand, por quien Bromberg siente gran admiración) y entramos a beber un poco de ron y de café en la famosa y loca cocina de Bromberg. Este Bromberg viene a ser el tipo más notable del mundo, con su pelo corto rizado, como la hipster Roxanne, que le baja sobre la frente, en forma de víboras, y sus ojos grandes y realmente angelicales que brillan y giran constantemente, un niño grande de lengua incansable, un verdadero genio de la conversación, realmente escribe ensayos y estudios y posee (y es famoso por eso) la biblioteca privada más grande imaginable del mundo, allí mismo en esa casa, una biblioteca justificada por su erudición y también, aunque esto no es para hablar mal, por su considerable fortuna –la casa es herencia de su padre– y en esos días se había convertido repentinamente en el amigo del alma de Carmody y proyectaba ir al Perú con él; tenían la intención de estudiar a los muchachos indios, y conversar sobre el tema y hablar de arte y visitar a los escritores y cosas por el estilo, todas cuestiones que ya se habían repetido tantas veces en los oídos de Mardou (cuestiones de cultura y de homosexuales) durante el transcurso de su aventura conmigo que ya en realidad estaba perfectamente harta de esas voces refinadas y esas fantasías explícitas, esa gracia enfática de la expresión, en cuyo campo el corpulento Bromberg, extático y casi espástico con sus ojos en blanco, era casi el maestro inigualable, «Oh, querido, es una obrita tan encantadora y a mi entender *tanto* mejor que la traducción de Gascoyne, aunque me atrevería a decir...» y Sand que lo imitaba de manera impagable, porque había estado con él hacía poco y se admiraban mutuamente; por lo tanto, allí estaban los dos en la aurora gris, otrora para mí pletórica de aventura, del Frisco Metropolitano al estilo Gran-Roma conversando de temas literarios, musicales y artísticos, la cocina abarrotada de cosas, Bromberg que se precipitaba escaleras arriba (en pijama) a buscar una edición francesa de Genet gruesa como una enciclopedia, o viejas ediciones de Chaucer, o lo que fuera, y Sand lo seguía. Mardou con sus pestañas negras pensando siempre en Yuri (eso es lo que creo yo) sentada en una esquina de la mesa de la cocina, con su café con ron que se enfría poco a poco: y yo, ¡oh!, en

un taburete, herido, destruido, ofendido, empeorando progresiva-
mente, bebiendo copa tras copa y llenándome el estómago de sus-
tancias explosivas; a eso de las ocho los pájaros empiezan por fin a
cantar y se oye la poderosa voz de Bromberg, una de las voces más
potentes del mundo, que resuena en las paredes de la cocina estre-
mecidas por esos grandes temblores de sonido profundo y extático;
luego hacen funcionar el tocadiscos: es una casa perfectamente amue-
blada, con lujo y todas las comodidades, vinos franceses, neveras,
tocadiscos a tres velocidades con micrófono, bodega, etcétera. Quisiera mirar a Mardou, no sé con qué expresión hacerlo; en realidad
tengo miedo de mirarla para encontrar solamente en sus ojos esta
súplica: «No te hagas mala sangre, querido, ya te dije, ya te confesé
que soy una estúpida, lo siento, lo siento...» Y esa mirada que pide
perdón es lo que más me duele, cuando la miro de reojo...

Todo resulta inútil cuando hasta los pájaros mismos están tristes, y se lo digo a Bromberg, que me pregunta: «¿Qué te pasa esta
mañana, Leo?» (lanzándome una mirada juguetona por debajo de
las cejas, para verme mejor y hacerme reír). «Nada, Austin, me pasa
solamente que cuando miro por la ventana hasta los pájaros me pa-
recen tristes» (y poco antes, cuando Mardou subió al cuarto de baño,
creo haber mencionado, barbudo, demacrado, estúpido borracho
delante de estos eruditos caballeros, algo sobre la «inconstancia», que
sin duda debe haberles sorprendido); ¡oh, inconstancia!

Por lo tanto, tratan de todos modos de pasar un buen rato a pesar
de mi palpable, desdichado malhumor que se pasea por toda la casa,
escuchando discos de ópera de Verdi y de Puccini en la gran biblioteca de arriba (cuatro paredes cubiertas desde el techo hasta el suelo con
cosas tales como *La explicación del Apocalipsis* en tres tomos, las obras
y poemas completos de Christopher Smart, las obras completas de este
y de aquel, la apología de tal y tal que tal y cual dirigió oscuramente
a ya sabes quién en 1839, en 1638...); aprovecho la oportunidad para
decirles: «Me voy a dormir»; ya son las once de la mañana, tengo derecho a estar cansado, supongo, habiendo estado sentado en el suelo;

y Mardou, con verdadera majestad de señora, desde que llegamos se ha instalado en el sillón del rincón de la biblioteca (allí mismo donde una vez vi sentado al famoso manco Nick Spain, mientras Bromberg, en épocas más felices de principios de este año, nos hacía oír la grabación original de *La carrera del libertino)* con un aire trágico, perdido; dolorido por mi dolor, mi aflicción se alimenta de su aflicción; la creo sensitiva, hasta el punto de que en un momento dado, con un arrebato de perdón, de necesidad, me acerco y me siento a sus pies y apoyo la cabeza en su rodilla, delante de los otros dos que ya no se interesan por nosotros, es decir Sand ya no se interesa por estas cosas, profundamente absorto en la música, en los libros, en la brillante conversación (un tipo de conversación, digamos de paso, que no ha sido sobrepasado en ninguna parte del mundo, y también esta percepción, aunque ahora cansadamente, atraviesa mi imaginación ávida de epopeyas, mientras contemplo el plan de toda mi existencia, llena de amistades, amores, preocupaciones y viajes que resurgen en una vasta masa sinfónica pero que ya empiezan a interesarme cada vez menos por culpa de estos cincuenta kilos de mujer y para colmo morena, cuyas uñitas de los pies, rojas dentro de las sandalias, me provocan un nudo en la garganta). «¡Oh, mi Leo querido, parecería que *realmente* te estás aburriendo!» «No me aburro, ¿cómo podría aburrirme en esta casa?» Quisiera encontrar algún modo simpático de explicarle a Bromberg: «Cada vez que vengo a visitarte me pasa algo, podría parecer que todo es efecto de tu casa y de tu hospitalidad, y no lo es en absoluto, ¿no comprendes que esta mañana tengo el corazón hecho pedazos, y afuera todo es gris?» (¿y cómo podría explicarle que la otra vez que vine a visitarle, también esa vez que me invitaron, apareciendo repentinamente a la hora gris del alba con Charley Krasmer y los muchachos, y Mary, y los demás, bebimos ginebra y cerveza, me emborraché tanto y perdí hasta tal punto la noción de lo que estaba haciendo, aparte de que también esa vez puse mala cara todo el tiempo, es más me dormí en el suelo, en el centro mismo de la habitación, delante de todos, y encima a mediodía? Y todo por motivos completamente diversos de los de esta vez, aunque siempre produciendo el mismo involuntario efecto de comentario desfavorable sobre los méritos del fin de semana en casa de Bromberg). «No, Austin, solo que me siento mal...» Por otra parte, es indudable que Sand debe de haberle mencionado en voz baja, secretamente, en algún rincón, lo que realmente ocurre con los enamorados, ya que tampoco Mardou dice una palabra; sin duda es una de las figuras más extrañas que jamás hayan llegado de visita a casa de Bromberg, una pobre muchacha negra, subterránea, hipster, vestida con trapos de la peor calidad (de eso me encargué yo generosamente) y sin embargo con una expresión tan rara, solemne, seria, como un ángel cómico y solemne que ha llegado a la casa, probablemente indeseado; es más, sintiéndose realmente indeseada, como me dijo después, considerando las circunstancias. Muy bien, yo me retiro del grupo, de la vida, de todo, me voy a dormir en el dormitorio (donde Charley y yo, la otra vez, habíamos bailado el mambo desnudos, con Mary) y me hundo extenuado en nuevas pesadillas, para despertar unas tres horas después, en la tarde feliz, sana, clara, conmovedoramente pura; los pájaros todavía están cantando, y ahora también se oyen niños que cantan; como si yo fuera una araña que se despierta en un cubo viejo de basura, y el mundo no fuera para mí sino para otras criaturas más aéreas y más constantes, y por lo tanto menos propensas a dejarse manchar por la inconstancia, también...

Mientras duermo los tres se van (hacen bien) a la playa, en el coche de Sand, a treinta kilómetros de la casa; los muchachos se zambullen, nadan, Mardou se pasea por las orillas de la eternidad, mientras sus pies y los dedos de sus pies que yo tanto amo se imprimen en la arena clara, pisando las conchillas y las anémonas y las algas secas y empobrecidas, lavadas por las mareas y el viento que le despeina el cabello corto, como si la Eternidad se hubiera encontrado con Heavenly Lane (así se me ocurrió mientras estaba en la cama). (Al imaginarla por otra parte paseándose sin rumbo, con una mueca de aburrimiento, sin saber qué hacer, abandonada por Leo el Sufriente, y realmente sola e incapaz de conversar acerca de todos los fulanos, menganos y zutanos de la historia del arte con Bromberg y Sand, ¿qué podía hacer?) Por lo tanto, cuando regresan, Mardou viene a verme (después de una visita preliminar de Bromberg, que sube como un loco la escalera y abre la puerta de golpe diciéndome *«Despiértate* Leo, no pensarás pasarte todo el día durmiendo, estuvimos en la playa, realmente hubieras debido venir con nosotros»). «Leo», me dice Mardou, «no quise dormir contigo porque me desagradaba la idea de despertarme en la cama de Bromberg a las siete de la noche, habría sido realmente superior a mis fuerzas, no estoy en condiciones...», refiriéndose a su cura psicoanalítica (que por otra parte había dejado completamente de lado, por pura parálisis y por culpa mía, de mi grupo y del alcohol), su incapacidad de hacer frente a las situaciones, el peso inmenso y en los últimos tiempos aplastante de la locura, y el temor a la misma locura que aumentaba constantemente con esta vida horrible y desordenada y esta aventura conmigo, casi sin amor; eran todos buenos motivos para no querer despertarse horrorizada por el dolor de cabeza y los efectos de la borrachera en la cama de un desconocido (un desconocido amable pero de todos modos no exageradamente acogedor) al lado del pobre Leo incapaz. De pronto la miré, no tanto para escuchar estas pobres súplicas verdaderas, sino para buscar en sus ojos esa luz que había brillando sobre Yuri, y no era culpa suya si brillaba sobre todo el mundo todo el tiempo, mi luz de amor...

«¿Lo dices sinceramente?» («Dios santo, me asustas», me dijo más tarde, «me haces pensar de repente que he sido dos personas al mismo tiempo, y que te he traicionado de algún modo, con una persona, y que la otra persona... realmente me asustaste...») Pero al mismo tiempo que le pregunto esto, «¿Lo dices sinceramente?», el dolor que siento es tan grande, acaba de despertarse tan fresco de ese tremendo sueño sin sentido («Dios tiene por norma hacer que nuestras vidas sean menos crueles que nuestros sueños», una cita que vi el otro día Dios solo sabe dónde), sintiendo todo esto y rememorando otros horrendos despertares alcohólicos en casa de Bromberg, y todos los despertares alcohólicos de mi vida, pensando por fin: «Tío, este es el verdadero principio del fin, más allá de esto no se puede ir, hasta qué punto tu carne positiva puede tolerar más vaguedad, y hasta cuándo podrá mantenerse positiva, si tu psique insiste en martillar sobre tu carne; tío, vas a morir; cuando los pájaros se vuelven tristes, esa es la señal...» Y pienso cosas peores todavía, la visión de mis libros abandonados, mi bienestar (nuevamente el supuesto bienestar) destruido, mi cerebro ya irremediablemente dañado, mis proyectos de trabajar en el ferrocarril, ¡oh, Dios santo!, el ejército entero de las cosas y de absurdas ilusiones y la entera historia y locura que erigimos en lugar del amor único, llevados por nuestra tristeza; pero ahora que Mardou se inclina sobre mi rostro, cansada, solemne, sombría, capaz (mientras juega con los lunares mal afeitados de mi barbilla) de penetrar con la mirada a través de mi carne hasta el fondo de mi horror, y capaz también de sentir cada una de las vibraciones de dolor y de inutilidad que emito, lo cual por otra parte queda atestiguado por el hecho de que ya haya reconocido mi «¿Lo dices sinceramente?», la profundísima y remota llamada del fondo... «Querido, volvamos a casa».

«Tendremos que esperar hasta que se vaya Bromberg, tomar el tren con él supongo... Por lo tanto me levanto, paso al cuarto de baño (donde ya estuve mientras ellos paseaban por la playa, demorándome en fantasías sexuales, recordando la otra vez, en ocasión de otro fin de semana pasado en casa de Bromberg, más loco aún que este, y hace mucho tiempo, con la pobre Annie que se había hecho rizar el cabello y no tenía ni rastro de maquillaje en la cara, y Leroy, el pobre Leroy que estaba en el cuarto de al lado preguntándose qué estaría haciendo allí dentro su mujer, el pobre Leroy que más tarde vimos partir desesperadamente en el coche y perderse en la noche, cuando comprendió lo que estábamos haciendo en el cuarto de baño; recordando por lo tanto en mi propia carne el sufrimiento que le debo haber causado a Leroy esa mañana, por dar una breve satisfacción a ese gusano y esa serpiente que se llama sexo), paso al cuarto de baño, me lavo y bajo, tratando de parecer alegre.

Pero todavía me resulta imposible mirar a Mardou directamente a los ojos, percibiendo, en el fondo de mi corazón, «¿Oh, por qué lo habrás hecho?», desesperado, la profecía de lo que habrá de ocurrir.

Como si no fuera suficiente, fue la noche de ese mismo día cuando tuvo lugar la gran fiesta en casa de Jones, o sea la noche que me escapé del taxi de Mardou y la abandoné a los azares de la guerra, la guerra que el hombre Yuri sostiene contra el hombre Leo, uno contra otro. Para empezar, Bromberg empieza a llamar por teléfono, a recolectar regalos de cumpleaños y a prepararse para tomar el autobús y alcanzar el viejo 151 de las 16.47 a la ciudad; Sand nos lleva en el coche (un grupo de lamentable aspecto, realmente) hasta la parada del autobús, donde bebemos una copa de despedida en el bar de enfrente, mientras Mardou, que ahora se avergüenza no solo de su persona sino también de la mía, se queda en el asiento de atrás del coche (aunque exhausta) pero en la plena luz de la tarde, con la excusa de cerrar los ojos por lo menos un momento; pero en realidad, tratando de imaginarse cómo puede hacer para escapar de la trampa que la aprisiona, de la cual yo podría ayudarla a librarse, sin embargo, si me dieran una oportunidad solamente; en el bar, me asombro entre paréntesis de oír a Bromberg que sigue, como si no pasara nada, con vociferantes e incesantes comentarios sobre pintura y literatura, y hasta (por increíble que parezca) anécdotas homosexuales, sin preocuparse de la presencia de la gente de campo, los adustos granjeros del valle de Santa Clara alineados delante del mostrador; este Bromberg no tiene la menor idea del fantástico efecto que produce entre la gente ordinaria; y Sand se divierte, en realidad también él es bastante llamativo; pero estos son detalles sin importancia. Salgo a la calle para anunciarle a Mardou que hemos decidido tomar el tren siguiente, porque tenemos que volver a casa a buscar un paquete olvidado, lo que para ella no es más que otra manifestación del círculo vicioso de inanidad en que giramos todos, y recibe la noticia con expresión solemne; ¡ah, mi amor, mi perdido tesoro! (una palabra pasada de moda); si hubiera sabido entonces lo que sé ahora, en vez de volver al bar, para seguir conversando, en vez de mirarla con aire ofendido, etcétera, en vez de dejarla allí abandonada en el tétrico mar del tiempo, olvidada y no perdonada todavía por el pecado del mar del tiempo, habría entrado en el automóvil, le habría tomado la mano, le habría prometido mi vida y mi protección, «Porque te amo y por ningún otro motivo»; pero en realidad, muy lejos de haber comprendido completa y definitivamente este amor, todavía me encontraba en plena duda, empezaba apenas a emerger de la duda que me atenazaba. Por fin llegó el tren; era el 153 de las 17.31; después de todas nuestras demoras, subimos, e iniciamos el viaje hacia la ciudad, atravesando todo el barrio Sur de San Francisco, pasando cerca de mi casa, de frente en nuestros asientos, mientras pasábamos junto a los grandes depósitos de Bayshore y yo alegremente (tratando de mostrarme alegre) les enseñaba un vagón de carga que golpeaba contra otro, y los desechos de lata temblando en la lejanía, qué divertido; pero el resto del tiempo iba tétrico y adusto bajo la mirada fija de mis dos compañeros, para decir por fin: «Realmente me parece que debo de tener una nariz cada vez más rara», cualquier cosa que me pasara por la imaginación, para aliviar la tensión de lo que en realidad me mantenía al borde de las lágrimas; aunque a grandes rasgos los tres estábamos tristes, viajando juntos en ese tren hacia el aturdimiento, el horror, la posible bomba atómica.

Habiéndonos finalmente despedido de Austin en una esquina llena de gente y tráfico, en Market Street, para perdernos Mardou y yo entre las vastas multitudes tristes y malhumoradas, en una masa confusa, como si de pronto nos hubiéramos perdido en la concreta manifestación física del estado mental en que ambos nos encontrábamos desde hacía dos meses, ni siquiera dándonos la mano pero abriéndonos paso ansiosamente a través de la muchedumbre (como si lo importante hubiera sido salir pronto de esa odiosa confusión) pero en realidad porque yo estaba demasiado «herido» para darle la mano y recordando (ahora más dolorosamente) su insistencia habitual en la conveniencia de no darle la mano en la calle porque la gente podía pensar que era una cualquiera; para terminar, en la triste y espléndida tarde perdida, doblando por Price Street (¡oh, Price Street del destino!) en dirección a Heavenly Lane, entre los niñitos, entre las jovencitas mexicanas flexibles y bonitas, cada una de las cuales me hacía pensar, con desdén «¡Ah!, como mujeres son casi todas mucho mejores que Mardou, me bastaría acercarme a una de estas... pero ¡oh, oh!». Ninguno de los dos hablaba mucho, y en los ojos de Mardou se leía tanta pena, en esos mismos ojos en cuyo fondo, en otros tiempos, yo había vislumbrado ese calor de india que al principio me había inducido a decirle, una noche feliz a la luz de las velas: «Tesoro, lo que veo en tus ojos es una vida de cariño, no solamente por lo que hay en ti de india, sino también porque siendo en parte negra eres en cierto modo la mujer primera, esencial, y por lo tanto la más originalmente y la más completamente afectuosa y maternal»; en ellos leo ahora también la pena, que será una adición, un humor perdido, propio de la otra raza, la americana. «El Edén está en África», le había dicho yo una vez; pero ahora, bajo el influjo de mi odio herido desviando de sus ojos la mirada, mientras recorremos Price Street, cada vez que veo una muchacha mexicana o una negra me digo: «arrastradas, son todas iguales, siempre tratando de engañarnos y de robarnos», rememorando todas las relaciones que en el pasado he tenido con ellas; y Mardou intuye estas ondas de hostilidad que emergen de mi persona, y calla.

Y a quién encontramos en la cama, en el apartamento de Heavenly Lane sino al mismo Yuri, muy contento: «Qué tal, estuve todo el día trabajando; estaba tan cansado que no me quedó más remedio que volver y echarme a dormir otro rato.» Decido decirlo todo, trato de formar con los labios las palabras. Yuri me mira a los ojos, percibe la tensión; también Mardou la percibe, llaman a la puerta y entra John Golz (siempre románticamente interesado en Mardou, de la manera más inocente), percibe también la tensión, dice: «Vine a buscar un libro», con cara de pocos amigos, y recordando cómo lo humillé la otra vez con la cuestión de la selección, se va enseguida, con el libro; y Yuri, levantándose de la cama (mientras Mardou se esconde detrás del biombo para cambiarse el vestido de fiesta por los pantalones de andar por casa): «Leo, alcánzame mis pantalones.» «No hace falta que te los alcance, los tienes ahí al lado en la silla, levántate y póntelos, ella no te ve», una curiosa observación; me siento un poco ridículo y miro a Mardou que calla y se recoge en sí misma.

Apenas Mardou se va al cuarto de baño, aprovecho para decirle a Yuri: «Estoy bastante enfadado y celoso por lo que hicisteis anoche tú y Mardou en el asiento trasero del coche; te aseguro, tío, que es así.» «No fue culpa mía, ella empezó.» «Escucha, ya se sabe que tú eres un... podrías no dejarle hacer esas cosas, mantenerla a distancia, ya se sabe que eres un donjuán y que todas se vuelven locas por ti», y estoy diciendo esto justo cuando Mardou regresa, mirándonos con atención, y aunque no oye las palabras que hemos dicho las siente en el aire; Yuri aferra el picaporte de la puerta todavía abierta y dice: «Bueno: de todos modos me voy a casa de Adam, nos veremos más tarde allí.»

«¿Qué le dijiste a Yuri...?» Le repito palabra por palabra. «Dios santo, la tensión se ha vuelto insoportable en esta casa...» (humildemente reflexiono que en vez de mostrarme adusto y serio como un Moisés, apoyándome en mis celos y en mi posición, me he reducido a un breve y nervioso cambio de palabras, a una conversación entre «poetas», con Yuri, como siempre, demostrándole la tensión pero no lo positivo de mis sentimientos con mis palabras; humildemente considero mi humildad; estoy triste, quisiera estar con Carmody...).

«Querido, me voy de compras, ¿crees que encontraré un pollo en Columbus...? Me parece haber visto algunos... ¿Qué te parece?, prepararé un buen pollo para la cena.» «Pero», me digo, «¿qué ganamos con una buena cena doméstica a base de pollo, cuando te has enamorado de Yuri, hasta el punto de que tiene que irse en el momento mismo en que entras en el cuarto, ante la presión de mis celos y tus posibilidades, como fue profetizado en sueños?» «Quisiera» (en voz alta) «estar un rato con Carmody, me siento triste; tú te quedas, preparas el pollo, puedes empezar a comerlo... sola... vendré más tarde a buscarte.» «Pero siempre terminamos así, salimos siempre, no estamos nunca solos.» «Ya lo sé, pero esta noche estoy triste, tengo que ver a Carmody, por un motivo especial y recóndito, no me hagas preguntas, siento un deseo tremendo y melancólico de verle, y tengo motivos también, después de todo el otro día le hice un retrato» (había dibujado mis primeros bocetos a lápiz de figuras humanas, que fueron recibidos con exclamaciones de asombro por Carmody y por Adam, y por lo tanto me sentía bastante orgulloso) «y después de todo, mientras dibujaba esos bocetos de Frank, el otro día, descubrí tanta tristeza en las arrugas que tiene bajo los ojos, que sé que...» (para mí: sé que comprenderá lo triste que estoy hoy, sé que él ha sufrido así en cuatro continentes). Reflexionando, Mardou no sabe qué actitud tomar, cuando de repentinamente le cuento mi breve conversación con Yuri, la parte que me había olvidado decirle la primera vez (y también he olvidado transcribirla aquí): «Me dijo: "Leo, no creas que quiero hacer nada con Mardou, sabes que no me gustan..."» «¡Ah, así que no le gustan! ¡Valiente roñoso es tu Yuri!» (los mismos dientes de la alegría son ahora los portales por donde pasan los vientos de la ira, y sus ojos centellean) y percibo ese énfasis de yonqui en los *osos,* esa costumbre de Mardou de marcar el *oso* de las palabras, como hacen tantos yonquis que conozco, por algún motivo íntimo de pesadez y somnolencia, que en Mardou yo siempre había atribuido a su sorprendente modernismo, aprendido quién sabe dónde (como una vez le pregunté), «¿Dónde, dónde aprendiste todo lo que sabes y esa manera tan sorprendente de hablar?», pero ahora, el oír ese *oso* tan interesante solo consigue enfurecerme ya que se encuentra incluido en una frase de intención demasiado transparente acerca de Yuri, con la cual me demuestra que no le desagradaría en absoluto encontrarse nuevamente con él en una reunión o en cualquier otra parte, «que me diga algo por el estilo, que no le gustan, etcétera», ya le dirá ella unas cuantas cosas. «Oh», le digo, «ahora te han venido las *ganas* de acompañarme a la reunión en casa de Adam, porque así puedes arreglar cuentas con Yuri y contestarle como se merece; eres demasiado transparente.»

«Santo cielo», me dice mientras pasamos junto a los bancos de esa iglesia que es el parque, el triste parque de todo nuestro verano, «ahora me insultas, llamándome transparente.»

«Bueno, sí, esa es la verdad, ¿crees acaso que no me doy cuenta de todo? Primero no quieres ir a casa de Adam por nada del mundo, y ahora que te cuento... bueno, al diablo; si no es perfectamente transparente como un cristal, no sé qué es.» «Santo cielo, ahora me insultas» (riéndose con su resoplido de siempre) y para decir la verdad los dos nos reímos histéricamente, como si no hubiera sucedido absolutamente nada entre nosotros, como si fuéramos en realidad una pareja de esas personas felices y despreocupadas que se ven en los noticieros de cine atareadas por las calles, encaminándose a sus obligaciones y lugares de cita; y nosotros nos encontramos en el mismo triste, misterioso, lluvioso noticiero, pero dentro de nosotros (como ha de ocurrir también dentro de los títeres cinematográficos de la pantalla) el torbellino turbulento tumescente aliterativo, como un martillo que golpea cerebro, carne, coyunturas, cáspita cómo siento haber nacido...

Para colmo, como si no fuera bastante, el mundo entero se rasga cuando Adam abre la puerta de su casa, haciéndonos una solemne reverencia, pero con un brillo y un secreto en la mirada, y una especie de mala acogida que inmediatamente hace que se me ericen los pelos de la espalda, «¿Qué pasa?» Advierto entonces la presencia de otras personas, además de Frank y Adam y Yuri. «Tenemos visitas.» «Oh», digo yo, «¿visitas importantes?» «Así parece.» «¿Quién?» «MacJones y Phyllis.» «¿Cómo?» (ha llegado el gran momento; por fin tendré que hacer frente –o retirarme– a mi superenemigo literario Balliol MacJones, en otros tiempos tan amigo mío que a veces, excitados por la conversación, nos volcábamos la cerveza sobre las rodillas, arrastrados por el interés de lo que decíamos; en esos años conversábamos, nos prestábamos libros y los leíamos, y literaturizábamos tanto que el pobre inocente había terminado, aunque parezca mentira, por caer en cierto modo bajo mi influencia; es decir, en cierto sentido, ya de mí aprendió la forma de hablar y el estilo, sobre todo la historia de la generación de los beat, de los hipsters, de los subterráneos, y yo entonces le dije: «Mac, deberías escribir un gran libro sobre todo lo que sucedió cuando Leroy vino a Nueva York en 1949, pero sin dejar nada sin decir, hazlo»; y lo hizo, y me lo hizo creer, y en sucesivas visitas a su casa Adam y yo nos mostramos bastante descontentos con su manuscrito, exponiendo nuestras críticas; y sin embargo apenas el libro aparece le ofrecen veinte mil dólares de adelanto, una cantidad nunca vista, mientras todos nosotros los beat tenemos que vivir como vagabundos, vivimos en la miseria de North Beach o de Market Street, o de Times Square cuando estamos en Nueva York, aunque Adam y yo hemos declarado solemnemente, con estas palabras textuales: «Jones no pertenece a nuestro mundo, sino al mundo de los idiotas urbanos» (un Adamismo). Por lo tanto, coincidiendo su gran éxito con el momento en que yo me encontraba en la mayor pobreza, y más olvidado por los editores, y (peor todavía, esclavizado por la droga y por la paranoia) me enfadé un poco, pero no demasiado, aunque algo le hice comprender, si bien después de varias calamidades y viajes y manifestaciones diversas de las diversas guadañas locales de nuestro padre el tiempo cambié de opinión y le escribí varias cartas de disculpas desde alta mar; cartas que luego destruía sin mandar. Y también él me escribía de vez en cuando, hasta que un año después, oficiando Adam en su calidad de santo y árbitro, informó que existían posibilidades de reconciliación, tanto de su parte como de la mía; había llegado por fin el gran momento en que tendría que enfrentarme con el viejo Mac, darle la mano y declarar que lo pasado, pasado, y dejar a un lado todos nuestros rencores; lo que muy poca impresión podía causarle a Mardou, que es tan independiente y tan inalcanzable al estilo moderno, tan desesperante en realidad. De todos modos, MacJones estaba en casa de Adam, e inmediatamente exclamó en voz alta: «Qué bien, qué grande, tenía tantas ganas de verte», me precipité en el salón y pasando por encima de la cabeza de alguien que en ese momento se levantaba (era Yuri), Balliol y yo nos dimos un estrecho apretón de manos; luego me senté y me quedé un rato callado, reflexionando, ni siquiera observé dónde había conseguido ubicarse la pobre Mardou (aquí, como en casa de Bromberg, como en todas partes, pobre ángel oscuro); finalmente me fui al dormitorio, incapaz de seguir soportando la conversación de sociedad que borbotaban no solamente Yuri sino también Jones (y su mujer Phyllis, que insistía en mirarme fijamente para ver si la locura se me había pasado), me precipité en el dormitorio y me acosté en la oscuridad; y a la primera oportunidad que se me presentó, traté de convencer a Mardou de que se acostara a mi lado, pero ella me contestó: «No, Leo, no tengo ganas de estar aquí acostada en la oscuridad.» Luego entró Yuri y se puso una de las corbatas de Adam, diciendo: «Salgo a buscarme una muchacha»; tenemos una especie de cambio de palabras en voz baja, lejos de los demás que están en la sala, y nos lo perdonamos todo. Pero, al ver que Jones no se levanta de su sofá, pienso que en realidad no quiere hablar conmigo, y probablemente en secreto desea que me vaya; cuando por fin Mardou, en uno de sus paseos, vuelve a mi lecho de vergüenza y dolor y refugio, le digo: «¿De qué están hablando allí adentro, de bop? No le digas a *él* ni una palabra sobre la música» (que descubra lo que le interesa por sus propios medios, pienso egoístamente). ¡El único escritor de bop soy yo! Pero como me encargan que baje a buscar cerveza, cuando vuelvo con la cerveza en los brazos están todos en la cocina, y en primer plano Mac, sonriendo y diciendo: «Leo, déjame ver esos dibujos que has hecho según me han contado, quisiera verlos.» Por lo tanto nos hacemos amigos otra vez, mientras miramos los dibujos, y Yuri no se puede contener y muestra también los suyos (porque también dibuja), y Mardou está en la otra habitación, nuevamente olvidada; pero se trata de un momento histórico, y mientras pasamos a estudiar los tétricos dibujos sudamericanos de Carmody, con aldeas en plena selva y ciudades andinas donde se ven pasar las nubes, advierto la ropa de calidad y sumamente elegante de Mac, y su reloj de pulsera; me siento orgulloso de él: ahora se ha dejado un bigotito muy atrayente que confirma su madurez, cosa que anuncio a todos los presentes; la cerveza ya empieza a hacernos entrar en calor, luego Phyllis, la mujer de Mac, empieza a preparar algo de comer y la cordialidad aumenta...

En efecto, en la salita de la lámpara roja veo que Jones, a solas con Mardou, la interroga, como si estuviera entrevistándola; veo también que sonríe, se estará diciendo: «Nuestro viejo Percepied se ha conseguido una nueva amiguita de primera calidad», mientras yo pienso melancólicamente para mí: «Sí, hasta cuándo me durará»; en ese momento Mardou, impresionada, ya prevenida, comprendiéndolo todo, le está haciendo solemnes declaraciones sobre el tema del bop, por ejemplo: «No me gusta el bop, realmente lo odio, para mí es como la heroína, casi todos los heroinómanos se dedican al bop y cuando lo oigo oigo la heroína.» «Bueno, esto sí que es interesante», dice Mac, ajustándose las gafas. Me levanto y digo: «Es que nadie quiere acordarse de dónde viene» (mirando a Mardou). «¿Qué quieres decir?» «Que eres la hija del bop, o los hijos del bop, o algo así», con lo cual también Mac se muestra de acuerdo. De modo que más tarde todo el grupo en pleno baja las escaleras para proseguir las festividades de la noche, y Mardou, que se ha puesto la larga chaqueta negra de pana de Adam (que le queda larga) y además una larga bufanda de loca, ahora parece una muchachita polaca o un muchachito de los bajos fondos, en alguna de las cloacas de la ciudad, bonita, muy hipster; mientras vamos por la calle se pasa de uno de los grupos a mi grupo, y cuando se acerca le tiendo los brazos (me he puesto en la cabeza, bien derecho, el sombrero de fieltro de Carmody como una broma de hipster, y también mi camisa roja de siempre, ya difunta después de tantos fines de semana) y la levanto, tan pequeña, en mis brazos, y sigo adelante, siempre llevándola en brazos; oigo que Mac, apreciando mi gesto, exclama «¡flau!», y «Vamos», sonriendo detrás de nosotros; pienso con orgullo: «Se habrá dado cuenta por fin de que tengo una chavala de primera, algo grande, que no estoy muerto sino que sigo jodiendo como siempre, el viejo y continuo Percepied, que no envejece nunca, siempre en primer plano, siempre entre los jóvenes, entre las nuevas generaciones...» De todos modos, un grupo bastante colorido el nuestro, Adam Moorad se ha puesto un esmoquin completo que le prestó Sam la noche anterior, para que pudiera asistir a una proyección de gala con las entradas gratis que le habían dado en la oficina; el grupo se dirige al bar de Dante, y luego al Mask, como siempre; el viejo Mask de todas las noches, y el bar de Dante, donde en plena algarabía y en medio del estrépito y de la excitante camaradería alcé la vista tantas veces para encontrar los ojos de Mardou y jugar a mirarnos, pero ella parecía poco dispuesta, abstraída, concentrada en sí misma; como si ya no sintiera afecto por mí, como si estuviera harta de toda nuestra conversación, de Bromberg que reaparecía y de las largas discusiones que se reiniciaban y de ese entusiasmo de grupo, especialmente fastidioso, que es obligado manifestar por lo menos cuando, como Mardou, uno se encuentra en compañía de alguna de las estrellas del grupo o en todo caso, quiero decir, con un miembro importante de la constelación; qué fastidioso y cansado habrá sido para ella tener que admirar todo lo que decíamos, tener que mostrarse asombrada por el último juego de palabras en labios del único que importa, la más reciente manifestación del mismo tedioso y viejo misterio de la personalidad en KaJa el grande; en verdad parecía descontenta, con la mirada perdida en el vacío.

Por lo tanto, más tarde, cuando ya borracho conseguí que Paddy Cordavan se trasladara a nuestra mesa y nos invitara a todos a su casa para seguir bebiendo (el mismo Paddy Cordavan, por costumbre socialmente inabordable a causa de su mujer, que siempre quiere que vuelvan a casa los dos solos, Paddy Cordavan de quien dijo Buddy Pond: «Es tan hermoso que no puedo mirarlo», un vaquero alto, rubio, de anchas mandíbulas, sombrío, de Montana, lento de movimientos, de conversación, de hombros), Mardou no se mostró en absoluto impresionada, ya que en el fondo quería deshacerse de Paddy y de todos los demás subterráneos del bar de Dante, que acababan de enfadarse nuevamente conmigo porque había vuelto a gritarle a Julien: «Venga, nos vamos todos a casa de Paddy, y Julien también viene»; al oír lo cual Julien se levantó inmediatamente de un salto y se precipitó hacia Ross Wallenstein y los demás que formaban un grupo aparte, pensando seguramente. «Dios santo, ese horrible Percepied me está gritando y haciendo lo posible para arrastrarme como siempre a uno de esos lugares estúpidos que frecuenta, Dios quiera que alguien le dé su merecido.» Ni tampoco se impresionó Mardou cuando, ante la insistencia de Yuri, me dirigí al teléfono para hablar con Sam (que llamaba desde el trabajo) y arreglé con él que nos encontraríamos más tarde en el bar de enfrente de su oficina. «¡Vamos todos, vamos todos!», me puse a gritar, y hasta Adam y Frank empezaron a bostezar de ganas de volverse a casa; Jones hace tiempo que se ha ido. Corriendo por las escaleras de Paddy, subiendo y bajando, para arreglar otros encuentros con Sam, en cierto momento me precipito en la cocina en busca de Mardou, para que venga conmigo a conocer a Sam, cuando Ross Wallenstein, que ha llegado mientras yo iba al bar de abajo a llamar por teléfono, levanta la vista y dice: «¿Quién ha dejado entrar a este individuo, eh, quién es este tipo? ¡Eh!, ¿de dónde sales tú? ¡Ven aquí, Paddy!», prosiguiendo en serio su anterior demostración de antipatía y su recibimiento con el «¿eres un invertido?» de la otra vez, que yo preferí pasar por alto, diciendo: «Oye, tío, si no te callas te rompo la cara» o alguna jactancia por el estilo, ya no recuerdo, suficientemente vigorosa como para hacerle girar sobre los talones, al estilo militar, como suele hacer siempre, y retirarse; y arrastrando a Mardou conmigo bajamos a buscar un taxi para ir a buscar a Sam, bajo la noche vertiginosa de este mundo enloquecido, mientras la oigo protestar, desde lejos, con su vocecita de siempre: «Pero, Leo, querido Leo, quiero irme a casa a dormir.» «¡Al diablo!», contesto, y le doy la dirección del bar de Sam al chófer y ella dice que no, insiste, le dice que vaya a Heavenly Lane: «Llévame primero a casa y luego puedes ir a encontrarte con Sam», pero yo estoy seriamente preocupado por el hecho innegable de que si la llevo primero a Heavenly Lane, el taxi no podrá llegar al bar, donde Sam me espera, antes de la hora de cerrar; por lo tanto empiezo a discutir con ella, reñimos, le gritamos direcciones dis-

131

tintas al taxista, que espera en silencio como en las películas, pero de pronto, presa de la llamarada roja, la misma llamarada roja de siempre (a falta de imagen mejor) me bajo del taxi de un salto y me precipito hacia otro que pasa en ese momento, entro de un salto, le doy la dirección de Sam y partimos. Y Mardou se queda sola, abandonada en la noche, en un taxi, indispuesta y fatigada; y yo decidido a pagar el segundo taxi con el dólar que ella le había confiado a Adam para que le trajera un sándwich pero del cual ya nadie se había acordado en el revuelo, y que él por último me había dado para que yo se lo devolviera a ella; la pobre Mardou se vuelve a casa sola; una vez más, el borracho loco la ha dejado.

Bueno, pensé, esto es el fin; por fin he dado el paso decisivo, y juro por Dios que me he vengado de la mala jugada que me ha hecho; tenía que suceder, y ha sucedido, plaf.

No te parece maravilloso saber que se acerca el
*   invierno...*
y que la vida será un poco menos
agitada, y tú estarás en tu casa
escribiendo y comiendo bien y pasaremos
noches tan agradables el uno envuelto
en el otro; y ahora estarás en tu casa,
descansando y comiendo bien porque no debes
entristecerte demasiado... y yo me siento
mejor cuando sé que estás bien.

y

Escríbeme cualquier cosa.
Porfabor Mantente Bien

Tu Amiga,
　Y todo mi cariño
　Y Oh
　Y Cariños para Ti
　　　MARDOU
　Porfabor

    Pero el más profundo presagio y profecía de todo lo que había de ocurrir había sido siempre que, cuando yo entraba en Heavenly Lane, al doblar de golpe la esquina, levantaba la vista, y si la luz de Mardou estaba encendida, la luz de Mardou estaba encendida. «Pero un día, querido Leo, esa luz no brillará para ti», y esta era una profecía que no dependía ni de todos sus Yuris ni de ninguna atenuación de la serpiente del tiempo. «Algún día no la encontrarás allí arriba, cuando quieras encontrarla, la luz estará apagada, alzarás la mirada y Heavenly Lane estará a oscuras, y Mardou se habrá ido, y esto ocurrirá cuando menos te lo esperes, cuando menos lo desees.» Siempre lo he sabido; esa fue la idea que repentinamente atravesó mi mente aquella noche, cuando me escapé para encontrarme con Sam en el bar; él estaba con dos periodistas, bebimos, al pagar desparramé el dinero por el suelo, hice todo lo que pude por emborracharme enseguida (¡había terminado con mi pequeña!), luego me precipité a casa de Adam y de Frank, les desperté nuevamente, luché en el suelo con ellos, hice mucho ruido, Sam me desgarró la camisa, abolló el velador, se bebió una enorme cantidad de whisky como en los viejos tiempos, aquellos días tremendos que habíamos pasado juntos, no era más que una nueva juerga inmensa en la noche, y todo para nada..., al despertarme por la mañana, con el dolor de cabeza definitivo que me decía «Demasiado tarde», me levanté como pude y me dirigí a la puerta, atravesando los escombros de la noche, la abrí, y me fui a casa, porque Adam me había dicho, al oírme luchar con el grifo caprichoso del agua: «Leo vete a casa y trata de restablecerte», advirtiendo lo mal que estaba, aunque sin saber nada de Mardou y de mí; y al llegar a casa empecé a dar vueltas, no podía estarme quieto, tenía que moverme, caminar, como si alguien estuviera a punto de morir muy pronto, como si pudiera oler las flores de la muerte en el aire; por lo tanto me fui a la explanada del ferrocarril del Sur de San Francisco y me eché a llorar.

Lloré en la explanada de la estación, sentado sobre un pedazo de hierro viejo, bajo la luna creciente, del lado de las vías viejas del ferrocarril del Southern Pacific; lloré no solamente porque me había deshecho de Mardou, de la cual ahora no estaba seguro de querer desprenderme, sino también porque había hecho la jugada decisiva, sintiendo también sus lágrimas comprensivas a través de la noche y el horror final de comprender, los dos con los ojos enormemente abiertos, que nos separábamos; pero viendo de pronto no en el rostro de la luna sino en algún lugar del cielo, al alzar la mirada con esperanza de ver, la cara de mi madre, aunque en realidad recordándola de una pesadilla que había tenido después de comer, ese mismo día, un día que me era tan imposible quedarme en el mundo; justamente cuando me despertaba frente a un programa de Arthur Godfrey en la televisión, vi que se inclinaba ante mí la cara de mi madre, con ojos impenetrables, labios inmóviles, pómulos redondos y gafas que brillaban a la luz ocultando la mayor parte de su expresión; en un primer momento esa me pareció una visión horrorosa, ante la cual hubiera debido temblar, pero que no me hizo temblar; me había preocupado esta imagen durante la caminata, y de pronto, en la playa, mientras lloraba por mi Mardou perdida, y tan estúpidamente después de todo, solo porque se me había ocurrido deshacerme de ella, se había convertido en una visión del amor que por mí sentía mi madre; la cara sin expresión, «sin expresión porque es tan profunda», de mi madre que se inclinaba hacia mí en la visión de mi sueño, y con labios no apretados sino más bien sufrientes y como diciendo, *Pauvre Ti Leo, pauvre Ti Leo, tu souffri, les hommes souffri tant, y'ainque toi dans le monde j'va't prendre soin, j'aim'ra beaucoup t'prendre soin tous les jours mon ange.* Lo que significaba: «Pobre Leo, pobre Leíto, sufres, los hombres sufren tanto, estás solito en el mundo y yo te cuidaré, me gustaría poder cuidarte todos los días, ángel mío.» Mi madre también era un ángel; las lágrimas me brotaban de los ojos, algo se rompió dentro de mí, me sentía crujir; hacía una hora que estaba allí sentado, delante de mí se abría Butler Road y se alzaba el gigantesco letrero de neón rosado de diez manzanas de largo, *Aceros Bethlehem Costa del Pacífico* con las estrellas en lo alto, el estrepitoso Silbador y la fragancia del humo de carbón de las locomotoras; yo estaba allí sentado y las dejaba pasar, y lejos, muy lejos, junto a la misma línea del ferrocarril que giraba en la noche alrededor del aeropuerto Sur de San Francisco, se divisaba esa desgraciada luz colorada que ondulaba como una luz marciana mandando señales y cohetes de fuego hacia los hermosos cielos de perdida pureza de la vieja California, en la triste madrugada de otoño, primavera, verano, altos como árboles; supongo que soy la única persona de South City que jamás habrá sentido el deseo de abandonar las limpias casas suburbanas para ir a esconderse entre los vagones de carga a pensar; deshecho. Como si tuviera algo suelto dentro; oh, sangre de mi alma, pensaba, y el Buen Señor o lo que sea que me puso aquí para sufrir y gemir, y para colmo de todo ser culpable, y me da la carne y la sangre que son tan dolorosas, las... mujeres todas tienen buena intención, esto lo sabía, las mujeres aman, se inclinan sobre uno, traicionar el amor de una mujer es como escupir sobre nuestros propios pies, arcilla...

Ese breve llanto repentino en la explanada de la estación, por un motivo que en realidad yo no comprendía ni podía comprender; mientras me decía en el fondo: «Ves una visión de la cara de la mujer que es tu madre, que te quiere tanto, que te ha mantenido y protegido durante años, a ti que eres un vagabundo, un borracho; y nunca se ha quejado una sola vez, porque sabe que en tu estado presente no puedes lanzarte solo por el mundo y ganarte la vida y defenderte, ni siquiera encontrar y conservar el amor de otra mujer que te proteja; y todo porque eres el pobre y estúpido Leíto; en lo más hondo del pozo oscuro de la noche, bajo las estrellas del mundo, estás perdido, pobre, a nadie le importa, y ahora renuncias al amor de una mujercita, porque querías beber una copa más con un amigo juerguista que viene del otro lado de tu demencia.»

Y como siempre.

Para terminar con la gran aflicción de Price Street, cuando Mardou y yo, reunidos el domingo por la noche, de acuerdo con lo establecido (había preparado todo el programa para la semana, mientras meditaba en el patio después de fumar hierba, «Este es el programa más ingenioso que jamás se me ha ocurrido, diablos, con un programa así puedo vivir una verdadera vida amorosa», consciente del valor reichiano de Mardou, y al mismo tiempo escribir esas tres novelas y llegar a ser un gran... etcétera) (un programa por escrito, que luego entregué a Mardou para que lo estudiara; decía así: «Ir a casa de Mardou a las nueve de la noche, dormir, volver al día siguiente a mediodía para pasar la tarde escribiendo, cenar por la noche y descansar después, luego volver a las nueve de la noche del día siguiente», con espacios vacíos en el programa al llegar al fin de semana, para «posibles excursiones»... de borrachera); y con este programa siempre en la mente, después de haber pasado el fin de semana en casa sumido en ese horrible... Me precipité a casa de Mardou el domingo por la noche, a las nueve, como habíamos quedado; no se veía ninguna luz en su ventana («Como me imaginaba que algún día sucedería») y en cambio una nota en la puerta, para mí, que leí después de orinar rápidamente en la letrina del vestíbulo: «Querido Leo, volveré a las diez y media», y la puerta (como siempre) estaba sin llave, de modo que entré a esperarla y me puse a leer el libro de Reich; porque había traído nuevamente mi grueso volumen vanguardista de tan sana intención, la obra de Reich, y estaba dispuesto por lo menos a «echarle un buen...» suponiendo que todo tuviera que terminar esa misma noche, y allí estaba sentado, mirando de reojo y maquinalmente; las once y media y todavía no ha llegado, tiene miedo de mí, quién sabe dónde está... («Leo», me dijo más tarde, «realmente pensé que habíamos terminado, que no volverías nunca más») y sin embargo me había dejado esa nota de Ave del Paraíso, siempre y todavía esperanzada y deseosa de no herirme ni de hacerme esperar en la oscuridad; pero como a las once y media no ha vuelto me voy a casa de Adam, dejándole un mensaje para que me llame por teléfono, con varias ramificaciones que después de un rato tacho, una multitud de detalles sin importancia que confluyen todos en la gran aflicción de Price Street, lo cual tiene lugar después de haber pasado juntos una noche «exitosa» de amor, cuando le digo: «Mardou, te has vuelto mucho más preciosa para mí después de lo ocurrido», y a causa justamente de eso, como observamos, estoy en condiciones de satisfacerla mejor, y en efecto la satisfago: dos veces para ser exacto, y por primera vez; luego pasamos juntos una tarde entera y deliciosa, como si nos hubiéramos reconciliado, aunque de vez en cuando la pobre Mardou alza la vista y dice: «Pero en realidad deberíamos romper, no hemos hecho nunca nada juntos, íbamos a ir a México, y después te buscarías un empleo y viviríamos juntos; y recuerda también la idea que tenías de vivir en un altillo, todos esos fantasmas que no han cobrado vida, por así decir, porque no has sido capaz de proyectarlos de tu mente hacia el mundo, no has sido capaz de obrar, y yo tampoco; por ejemplo, hace varias semanas que no voy al psicoanalista.» (Le había escrito, sin embargo, una carta hermosa ese mismo día, pidiéndole que la perdonara y que le permitiera volver después de unas semanas, y la aconsejara porque estaba tan perdida; yo había aprobado la carta.) Todo esto había sido tan irreal, desde el momento en que había entrado en Heavenly Lane, después de haber pasado esos días tan solo y triste en casa –cuando lloré en la explanada de la estación– para volver y ver que al fin y al cabo la luz estaba apagada (como en el fondo me lo había prometido), pero la nota nos había salvado por un momento; y también el hecho de haber podido encontrarla más tarde, puesto que por fin me llamó a casa de Adam y me dijo que fuese a buscarla a casa de Rita, donde bebimos cerveza que yo había llevado; luego llegó Mike

Murphy y también él había comprado cerveza, para terminar con otra noche estúpida de conversación a gritos. Por la mañana Mardou me dijo: «¿Recuerdas algo de todo lo que dijiste anoche delante de Mike y de Rita?», y yo le contesté: «Naturalmente que no.» El día entero, prestado del día del cielo, delicioso; hacemos el amor y tratamos de hacernos promesas de poca monta; todo inútil, ya que al caer la noche ella me dice: «Vayamos al cine», con su pobrecito dinero de la mensualidad. «Dios santo, no podemos gastar todo tu dinero.» «Bueno, que se vaya al diablo el dinero del cheque, no me importa nada, pienso gastarlo todo y se acabó», con gran énfasis; por lo tanto se pone los pantalones de pana negra y un poco de perfume; yo me acerco y le huelo el cuello y le digo Dios mío, qué bien hueles; y la deseo más que nunca, en mis brazos se deja ir, entre mis manos se disgrega como polvo; hay algo que no anda. «¿Te enfadaste cuando me escapé del taxi?» «Leo, fue una chiquillada, fue la cosa más histérica que he visto en mi vida.» «Perdóname.» «Naturalmente que te perdono, pero fue la cosa más histérica que he visto en mi vida, y todo el tiempo estás haciendo cosas así, cada vez peor, en realidad, ¡oh, al diablo todo!, vayamos a algún cine.» Por lo tanto, salimos, ella se ha puesto un impermeable pequeño, rojo, conmovedor, que yo no le había visto nunca, encima de los pantalones de pana negra, y sale a la calle con aire decidido, con su cabello negro y corto que le da un aspecto tan raro, como una... como una persona de París; yo estoy vestido en cambio solamente con mis viejos pantalones de ex guardafrenos y una camisa de trabajo sin camiseta; de pronto descubro que hace frío, ya es el mes de octubre, y a ratos llueve, de modo que empiezo a temblar a su lado, mientras recorremos Price Street, en dirección a Market, donde están las salas de espectáculos; recuerdo aquella tarde cuando volvíamos del fin de semana en casa de Bromberg; los dos tenemos un nudo en la garganta, yo no sé por qué, ella sí.

«Querido, tengo que decirte algo, y si te lo digo tienes que prometerme que igual vendrás conmigo al cine.» «De acuerdo.» Y naturalmente, después de un momento, agrego: «¿Qué es?» Calculo que será algo relacionado con... «Terminemos de una vez, pero terminemos en serio, no quiero seguir así, no porque no me gustes, pero creo que ya es demasiado evidente tanto para ti como para mí...». Un tipo de discusión que siempre puedo llevar a buen fin, como lo he hecho tantas veces, diciéndole: «Pero tratemos, oye, de ver si las cosas se arreglan poco a poco...», porque el hombre siempre puede conseguir que la mujercita ceda, ha sido hecha para ceder, la mujercita... por lo tanto espero confiado que empiece con algo por el estilo, aunque me siento lúgubre, trágico, melancólico, y el aire frío me penetra. «Te diré, la otra noche» (tarda algunos instantes en poner un poco de orden en el recuerdo de las últimas noches, se confunde; yo la ayudo a recordar, y le rodeo la cintura con el brazo; a medida que avanzamos nos vamos acercando a las frágiles luces enjoyadas de las calles Price y Columbus, esa esquina del viejo North Beach, tan rara, y cada vez más rara a medida que pasa el tiempo, lo que me evoca algunos pensamientos privados, como si fueran escenas antiguas de mi vida en San Francisco; en fin, me siento casi satisfecho y complacido dentro del manto de mi persona; sea como fuere, por fin decidimos que la noche en cuestión debe de haber sido la noche del sábado, que fue justamente la noche en que me puse a llorar en la explanada de la estación; ese llanto, como ya dije, tan repentino y breve, y esa visión. Trato de interrumpirla y de contarlo todo, esforzándome al mismo tiempo en descubrir si lo que quiere decirme es que la noche del sábado ocurrió algo espantoso que yo no puedo seguir ignorando...).

«Bueno, esa noche fui al bar de Dante y no quería quedarme, quise volverme a casa, y Yuri estaba en el bar, haciendo todo lo posible por estar conmigo, y llamó a alguien, y yo estaba junto al teléfono, y le dije a Yuri que lo llamaban» (así me lo contó, con esta incoherencia) «y mientras él estaba en la cabina del teléfono yo me fui a casa, porque estaba cansada, pero imagínate que a las dos de la madrugada se me aparece y llama a la puerta...»

«¿Por qué?» «Porque no tenía dónde dormir, estaba borracho; entró casi a la fuerza... y bueno...»

«¿Qué?»

«Bueno, querido, lo hicimos juntos», esa palabra tan de hipster, al oír la cual, aunque seguía caminando y mis piernas se movían y me transportaban y mis pies seguían apoyándose firmemente en el suelo, la parte inferior de mi vientre se había desplomado dentro de mis pantalones o de mis ingles, y todo mi cuerpo era una sola sensación de algo que se fundía definitivamente, que se derramaba como una masa blanda en la nada; de pronto las calles se volvieron tan lúgubres, la gente que pasaba tan bestial, las luces tan innecesarias para iluminar este... este mundo hiriente; estábamos cruzando una calle cuando ella dijo «lo hicimos juntos», y como una locomotora me vi obligado a concentrar toda mi atención para volver a subir a la acera; no la miré; mi vista en cambio se perdió por Columbus Avenue, pensé irme, rápidamente, alejarme de ella, como ya había hecho en casa de Larry; pero no me fui, dije solamente: «No quiero seguir viviendo en este mundo repugnante», aunque en voz tan baja que ella apenas me oyó, y si me oyó no hizo ningún comentario; después de un rato agregó algunos detalles: «Podría contarte algunos detalles más, pero será mejor no entrar en detalles, en realidad...», tartamudeando, en voz baja, y sin embargo los dos seguíamos avanzando en dirección al cinematógrafo, donde daban *Toros bravos* (yo lloré al ver la pena del torero cuando supo que su mejor amigo y su novia se habían ido a la montaña con su propio automóvil, hasta lloré al ver el toro, porque sabía que estaba condenado a morir, y sabía las muertes horribles que sufren los toros en esa trampa que se llama plaza de toros); hubiera querido alejarme de Mardou, escapar. («¡Oye, tío!», me había dicho apenas una semana antes, una vez que me puse a hablar de Adán y Eva y me referí a ella llamándola Eva, la mujer que gracias a su belleza es capaz de hacer que el hombre haga cualquier cosa por ella, «no me llames Eva».) Pero ya no importaba; seguimos caminando; en cierto momento, de la manera más irritante para mí, se detuvo de pronto sobre la acera mojada de lluvia y dijo con voz indiferente: «Necesito una bandana»; luego se volvió para entrar en la tienda, y también yo me volví y la seguí de mala gana, a unos diez pies de distancia, comprendiendo que en realidad no me había dado cuenta todavía de lo que me pasaba, por lo menos desde la esquina de Price y Columbus, y ya estábamos en Market Street. Mientras ella está en la tienda, yo sigo discutiendo conmigo mismo, será mejor que te vayas enseguida, tienes las monedas para el autobús, basta que cruces la calle rápidamente y te vayas a casa; cuando ella salga verá que te has ido, comprenderá que no has mantenido la promesa de ir al cine con ella, así como no has mantenido una inmensidad de otras promesas, pero esta vez sabrá que te asistía el más perfecto derecho, en tu calidad de macho. Pero nada de esto me satisface, me siento apuñalado por Yuri, me siento abandonado y cubierto de vergüenza por Mardou, me vuelvo hacia la tienda para mirar con ojos ciegos cualquier cosa y en ese mismo momento sale ella con una bandana de algodón púrpura fosforescente en la cabeza (porque han empezado a caer unas gotas grandes de lluvia, y no quiere que la lluvia le desarregle el cabello que se ha peinado tan cuidadosamente para ir al cine, y ahora se gasta el poco dinero que tiene en bandanas). Una vez en el cine, después de una espera de quince minutos por lo menos, le tomo la mano, sin la menor intención de hacerlo; no porque estuviera enojado sino porque me pareció que pensaría que era demasiada humildad de mi parte tomarle la mano en el cine en un momento semejante, como si estuviéramos enamorados; pero igual le tomé la mano, cálida, perdida; no le pregunten al mar por qué los ojos de una mujer de ojos negros son tan extraños y perdidos; por fin salimos del cinematógrafo, yo malhumorado, ella consciente de la necesidad práctica de llegar lo más pronto posible al autobús, porque hacía frío; y fue allí, en la parada del autobús, cuando se alejó de mí para llevarme a un lugar más apartado, mientras esperábamos, y (como ya dije) entonces la acusé mentalmente de inquietud ambulatoria.

Una vez llegados a casa nos sentamos, ella en mi regazo, después de una larga y cálida conversación con John Golz, que había ido a visitarla, pero se encontró conmigo; podría haberse ido enseguida, pero dado mi nuevo estado de ánimo quise demostrarle sin tardanza que le respetaba y que me gustaba, y conversé con él, y se quedó casi dos horas; en realidad pude comprobar que Mardou se aburría inmensamente, porque el muchacho le hablaba de literatura, con un interés que ella no podía compartir, y también hablaba de cosas que ella ya sabía, pobre Mardou.

Por fin se fue; entonces le dije que se sentara en mi regazo, y empezó a hablar de la guerra que existe entre los hombres: «Están siempre en guerra, para ellos la mujer es el premio, para Yuri tu premio ahora tiene menos valor que antes, nada más.»

«Sí», le dije, triste, «pero yo hubiera debido escuchar más atentamente la advertencia del viejo yonqui, de todos modos; ese que me dijo que amantes hay a montones: son todas iguales, muchacho, no te acostumbres a andar con una sola.»

«No es cierto, no es cierto, eso es lo que quisiera Yuri, que ahora fueras al bar de Dante y los dos os pusierais a hablar de mí y reíros y llegar a la conclusión de que las mujeres solo sirven para una cosa, y que hay demasiadas en el mundo. Yo pienso que tú eres como yo, quieres un solo amor, como si dijéramos, los hombres encuentran la esencia en la mujer, porque en ella hay una esencia» («Sí», pensé, «hay una esencia, y se encuentra en tu sexo») «y el hombre llega a tenerla entre las manos, pero la abandona para irse a construir sus inmensas construcciones.» (Yo le había leído pocos días antes las primeras páginas de *Finnegans Wake,* y se las había explicado, y también la parte en que Finnegan está constantemente construyendo «edificio sobre edificio sobre edificio» en las orillas del Liffey... ¡estiércol!).

«No pienso protestar», pensé, y dije: «¿Dirás que no soy un hombre si no me enojo?»

«Como la guerra que te dije, está bien claro.»

«También las mujeres tienen sus guerras...»

¿Qué haremos? Pensaba: ahora me voy a mi casa, y hemos terminado para siempre, no cabe duda, no solamente se ha aburrido de mí, está harta de mí, pero para colmo me ha atravesado de parte a parte con esa especie de adulterio, ha sido infiel, como el sueño me había profetizado, el sueño, el maldito sueño; me veo a mí mismo, aferrando a Yuri por la camisa y derribándolo por el suelo, extrae un cuchillo yugoslavo, levanto una silla para hundirle el cráneo, todos me miran... pero sigo soñando despierto, le miro a los ojos, y de pronto veo el resplandor de un ángel burlón que ha venido a la tierra por broma, y comprendo que esto que ha ocurrido con Mardou también es una broma, y pienso: «Qué ángel más raro este que se eleva de entre los subterráneos.»

«Hijito, tú decidirás», me está diciendo en realidad Mardou en ese momento, «cuántas veces por semana quieres verme y todo eso; pero, como te dije, quiero ser independiente.»

Y yo me vuelvo a casa, habiendo perdido su amor.

Y escribo este libro.